Le LIVRE de POCHE

JEUNESSE

Christian Grenier

Né à Paris en 1945, Christian Grenier aime la science et la fiction... donc la science-fiction. Il a publié de nombreux récits, trois essais (dont *La science-fiction, lecture d'avenir?*) et une cinquantaine de romans pour la jeunesse, parmi lesquels *La machination* et *Le cœur en abîme*, Grand Prix de la S.F. française 1988 (Le Livre de Poche Jeunesse). Après avoir été longtemps professeur de français dans un collège parisien, il vit aujourd'hui dans le Périgord. Régulièrement, il prend son bâton de pèlerin pour partager sa passion de la science-fiction avec les élèves des collèges, les étudiants en I.U.F.M., etc.

VIRUS L.I.V. 3
OU
LA MORT DES LIVRES

CHRISTIAN GRENIER

VIRUS L.I.V. 3
OU
LA MORT DES LIVRES

HACHETTE
Jeunesse

DU MÊME AUTEUR DANS
Le Livre de Poche Jeunesse

La machination
Le cœur en abîme

Vertige science-fiction

Cycle du Multimonde
La musicienne de l'Aube
Les lagunes du temps
Cyberpark
Mission en mémoire morte

To Ray Bradbury, of course.

1

Allis élue !

Les livres ont commencé à mourir à la fin du XXIe siècle.

À mes yeux, leur agonie a vraiment débuté ce soir d'été où trois délégués de l'Académie européenne sont venus frapper à ma porte.

Je me souviens de ce moment-là comme si c'était hier. La nuit venait de tomber sur Paris, une nuit violette et limpide : l'année précédente, on avait interdit les rues à tous les véhicules non prioritaires, si bien que du 27e étage de mon petit appartement, je pouvais apercevoir à l'horizon les étoiles qui se mêlaient aux lumières de la ville.

Comme tous les soirs, je m'étais installée face à mon ordinateur pour me mettre en relation avec Mondaye. J'avais fait la connaissance de Mondaye sur le web, par hasard, l'été dernier ; nous communiquions désormais chaque soir à la même heure, dans un salon particulier – un salon sans images de synthèse qui nous permettait de dialoguer. Mondaye n'avait jamais raté un rendez-vous. Ce soir-là, j'étais très impatiente qu'elle se branche ; j'avais une grande nouvelle à lui annoncer. Mais à vingt heures une, l'écran restait toujours muet. Soudain des lettres s'affichèrent :

MONDAYE : Hi, Allis ! J'ai 1 mn de retard. Sorry.

Aussitôt, je répondis en pianotant sur mon clavier :

ALLIS : Aucune importance. Je suis ravie de te retrouver. Tu vas bien ?

MONDAYE : Tt est O.K. Et toi ?

ALLIS : J'ai toujours peur que tu ne te branches pas. Tu sais, tu es ma seule amie.

MONDAYE : La seule ? Branche-toi sur les *salons collectifs* ! Tu te feras 1000 amis, Allis ! Nous sommes très nbrx sur le web.

ALLIS : Pas question. J'aime ma solitude. J'écris. Je lis. Je ne fréquente le web que pour toi.

MONDAYE : Écoute, j'ai un correspondant très sympa : Vendredi. Vx-tu son n° de code?

ALLIS : Non. N'insiste pas : c'est inutile.

Il y eut un long temps de silence – c'est-à-dire que dix secondes s'écoulèrent avant que le texte de Mondaye ne s'efface pour être remplacé.

MONDAYE : La vérité, Allis, c'est que tu es une Lettrée.

ALLIS : Ton accusation ne tient pas, Mondaye : une vraie Lettrée se brancherait-elle chaque soir?

C'était vrai : les Lettrés boudaient le réseau. Le web était fréquenté par les ennemis des Lettrés : les fous d'informatique, les étranges Hommes-Écrans et autres Zappeurs hors la loi. Lettrée, je l'étais; mais ma situation particulière m'avait depuis longtemps rompue aux technologies utilisées par ces Zappeurs qui ne m'effrayaient pas. Et Mondaye, qui était-elle? D'elle, j'ignorais tout : son âge, son lieu d'habitation, ses habitudes... Elle pouvait aussi bien habiter aux États-Unis, à Québec, aux Antilles ou en Nouvelle Russie! *Mondaye* était sûrement un nom de code que mon amie n'employait que pour se brancher. Moi, je n'avais jamais songé à me cacher sous un pseudonyme.

MONDAYE : Pardonne-moi, Allis. La vérité, c'est aussi que je suis très flattée de connaître une écrivaine.

ALLIS : La vérité, c'est que je suis très excitée d'être l'amie d'une Zappeuse.

Mondaye ne releva pas. Elle n'était pourtant pas une Zappeuse comme les autres : les vrais Zappeurs ne se préoccupaient guère de littérature.

MONDAYE : Parle-moi de ton livre. Il paraît qu'il se vend bien ?

ALLIS : Mieux que cela. Tu l'as acheté ?

MONDAYE : Parle-moi de ton livre, Allis.

Je soupirai. J'étais déçue. Depuis trois mois, mon roman était un succès de librairie. Les ventes ne cessaient de grimper. Les critiques étaient excellentes. Mais Mondaye était la seule personne au monde dont j'attendais l'avis. Et elle n'avait pas lu mon livre ! Je pianotai :

ALLIS : "*Nous sommes mieux que des personnages de fiction. Car sous tes yeux, nous allons prendre vie. Oui, c'est déjà trop tard : grâce à toi, lecteur, nous existons !*"

MONDAYE : Intéressant. Ksqc ?

ALLIS : Le début de mon roman, Mondaye. Un livre dont tu m'as inspiré toutes les idées, soufflé tous les mots, suggéré tout le contenu.

Ce livre, tu en es l'auteur autant que moi.

MONDAYE : Mais j'aurais été incapable de l'écrire !

ALLIS : Au moins, j'espérais que tu le lirais. Je peux te le télécharger dès maintenant. Mieux : laisse-moi t'envoyer un exemplaire dédicacé, Mondaye. Donne-moi ton nom et ton adresse… S'il te plaît.

Un nouveau silence s'établit. Signe que Mondaye tapait un gros paragraphe. Mais bientôt s'inscrivit cette phrase laconique :

MONDAYE : Parle-moi de ton livre.

Sur le web, l'anonymat était l'usage. Et je voulais l'enfreindre.

ALLIS : Ce matin, j'ai reçu une lettre du Gouvernement.

MONDAYE : Une lettre ! Est-il possible qu'on emploie encore ce moyen de communication à l'ère du multimédia ?

Eh oui, les Lettrés jugeaient le téléphone assez vulgaire ; ils lui préféraient le courrier ou les vraies conversations en tête-à-tête.

Moi, j'avais le téléphone. Plus précisément, mon ordinateur était branché en permanence sur ma ligne. Pour une raison différente. Une raison que Mondaye n'avait pas besoin de connaître.

MONDAYE : Eh bien, cette lettre?

Depuis le matin, elle n'avait pas quitté mon bureau. Je la recopiai :

ALLIS :	*AEIOU à Mlle Allis L.C. Wonder*	
	TGB	*18, rue Lepic*
	PARIS	*75018 PARIS*

Mademoiselle,

Les trente-neuf membres de l'Académie Européenne des Intellectuels Officiels Unis ont l'honneur de vous informer que votre ouvrage Des livres et nous *a été plébiscité. En conséquence, vous devenez la nouvelle membre élue pour cette année 2095. Une délégation de l'AEIOU prendra prochainement contact avec vous afin de définir votre rôle dans notre République des Lettres.*

Je m'associe à tous mes collègues pour vous adresser mes plus vives félicitations.

Emma G.F. Croisset

J'attendais avec impatience la réaction de Mondaye.

MONDAYE : Je suppose que je dois te féliciter. Te voilà devenue une Voyelle, Allis! Toi, quarantième membre du Gouvernement Européen... Ta réussite risque de nous éloigner, tu ne crois pas?

L'amertume de Mondaye me blessa. Sans doute n'avait-elle aucune sympathie pour l'Académie qui, depuis quarante ans, gouvernait la République des Lettres. Mais j'attendais une réaction plus enthousiaste.

Allis : Tu sais, je suis stupéfaite d'avoir été choisie.

C'était vrai : les membres de l'AEIOU passaient tous pour des Lettrés fanatiques. Et mon roman, *Des livres et nous*, était très provocateur ! D'abord, son titre parodiait le cri de ralliement des Zappeurs : « *Délivrez-nous des livres* ! » Ensuite son contenu tentait de démontrer que les écrans n'étaient pas les ennemis de l'écrit. Je m'empressai d'ajouter :

Allis : Cette réussite, Mondaye, je te la dois ! Et mes nouvelles responsabilités ne m'empêcheront jamais de me brancher chaque soir à vingt heures, et de dialoguer dans ce salon avec toi – jamais ! Tu me crois ?

À cet instant précis, je vis clignoter près de mon écran l'une des nombreuses petites lampes rouges qui garnissent mon appartement : on sonnait donc à ma porte. Une erreur, sans doute. Par précaution, je pianotai :

Allis : J'ai de la visite, Mondaye. Je te quitte. À +.

J'abandonnai l'ordinateur et allai ouvrir.

Trois personnes me faisaient face. Je reconnus aussitôt l'une d'elle : c'était Emma G.F. Croisset, la déléguée principale de l'Académie.

« Mademoiselle Allis L.C. Wonder? »

En guise de réponse, je lui souris; j'ouvris plus grand ma porte en faisant signe au petit groupe d'entrer.

Emma G.F. Croisset était une femme d'une cinquantaine d'années au visage un peu sec, rendu encore plus sévère par un énorme chignon. J'avais beaucoup aimé l'ouvrage qui lui avait ouvert les portes de l'Académie six ans auparavant : *Le Fils disparu*. Le bruit avait couru que l'histoire était vraie. Emma me désigna les deux hommes qui l'accompagnaient. Ils ne m'étaient pas inconnus.

« Voici Rob D.F. Binson et Colin B.V. Chloé », me dit-elle.

Rob avait été élu l'année précédente grâce à son beau roman *L'Exilé ambigu*; c'était un jeune homme athlétique à peine plus âgé que moi; il jeta un coup d'œil étonné sur l'ordinateur de mon bureau avant de venir me serrer chaleureusement les mains :

« Je suis ravi. Vraiment.

— Je vous félicite, mademoiselle », se contenta de dire son voisin.

Petit, ratatiné, Colin était le doyen de l'Académie. J'ignorais son âge, qui devait être proche des cent ans, et j'aurais été incapable de citer le titre d'un seul de ses livres. C'était la Conscience des Voyelles, une statue vivante.

Les trois nouveaux arrivants entrèrent et examinèrent mon studio. Emma sourit en apercevant sur ma table le JOEL – le *Journal Officiel de l'Europe des Lettres* ; mais mon ordinateur lui arracha une grimace de réprobation. Il était très mal vu de posséder un écran. D'ailleurs, la plupart des Européens n'avaient même pas la télévision – sauf, bien sûr, les Zappeurs. Même les écrivains, c'est-à-dire le quart de la population, rédigeaient leurs manuscrits au stylo.

Étais-je passible d'une amende ? D'un blâme ? Devrais-je me séparer de mon ordinateur maintenant que je faisais partie des Voyelles ? J'imaginai la tête qu'aurait fait Emma si elle m'avait aperçue, quelques minutes auparavant, en train de converser sur le web ! Heureusement, l'écran de mon ordinateur venait de se mettre en attente ; il laissait défiler un programme aléatoire de poèmes.

« Veuillez pardonner notre visite à une heure aussi tardive, mademoiselle », s'excusa Emma.

Puis méfiante, elle avisa la lettre de l'Académie posée près du clavier.

« Vous êtes bien Allis L.C. Wonder? » insista-t-elle.

À son tour, Rob déclara :

« Allis, dites-nous quelque chose! Ne nous faites pas croire que vous ne possédez pas votre Permis de Prise de Parole! »

Le PPP avait été instauré vingt ans auparavant. Pour décrocher cet examen, il fallait faire preuve d'un minimum de connaissances et savoir manier correctement la langue et les idées. Le PPP était obligatoire quand on devait s'exprimer en public devant plus de deux personnes. « *Désormais*, comme l'avait annoncé Colin à l'époque, *n'importe qui ne pourra plus dire n'importe quoi, n'importe comment.* »

C'était vrai : je ne possédais pas le PPP. Mais si je ne leur répondais pas, c'était pour une tout autre raison.

Je me dirigeai vers l'ordinateur et je tapai, en lettres majuscules :

« JE SUIS SOURDE ET MUETTE. »

2

Trois Voyelles en visite

J'ajoutai :

« *Et je ne peux vous répondre qu'au moyen de cet ordinateur. Ou de mon carnet.* »

Mes trois interlocuteurs, perplexes, relevèrent le nez de l'écran. Je devinai le soupir de soulagement d'Emma et je la vis dire à Rob :

« Voilà enfin expliqués certains passages de son ouvrage ! »

Rob s'approcha du clavier. Avec une dextérité qui me surprit, il frappa :

« *Rassurez-vous, Allis, cela ne change rien à vos nouvelles fonctions. À présent, vous êtes des nôtres. Nous aimerions que vous participiez à une séance nocturne exceptionnelle. Pouvez-vous nous accompagner?* »

Surprise, je me contentai d'approuver. Le vieux Colin B.V. Chloé, qui furetait parmi les milliers de livres de ma bibliothèque, m'adressa de loin un petit signe joyeux : la situation semblait beaucoup l'amuser. Pourtant, elle devait être grave pour qu'une délégation vienne me chercher à mon domicile le soir même de mon élection. Je tapai sur le clavier :

« *Est-ce donc si urgent?* »

Visiblement agacée, Emma saisit mon calepin sur le bureau et y griffonna à la hâte, d'une écriture appuyée :

« *Oui.* »

J'y inscrivis au-dessous :

« *Vous pouvez vous dispenser d'écrire : je peux lire sur vos lèvres.*

— Emportez donc quelques affaires, me dit Rob en désignant mon armoire. Vous ne dormirez pas chez vous cette nuit. Comme vous le savez, l'existence des Voy... des membres de l'Académie est soumise à des règles assez strictes. »

J'éteignis l'ordinateur et fourrai dans un sac

plusieurs carnets de conversation, quelques vêtements et un nécessaire de toilette. Je m'approchai de ma bibliothèque.

« Non, déclara Emma en m'arrêtant. Il est préférable que vous n'emportiez aucun livre. Nous vous expliquerons. »

Soudain, Colin extirpa d'une étagère un vieil ouvrage qui datait du temps de mes premiers examens : *L'Écrit sans les maux*. Je me souvins qu'il en était l'auteur ! Il s'apprêtait à l'ouvrir ; Emma le rappela à l'ordre :

« Colin !

— Mais ce n'est pas un roman...

— N'y touchez pas, c'est plus prudent. »

Emma se tourna vers moi, articula en désignant ma bibliothèque :

« Avez-vous remarqué quelque chose d'anormal ? Non ? Quand avez-vous lu l'un de ces livres pour la dernière fois ? »

Ses questions étaient si naïves qu'Emma ajouta aussitôt :

« Aujourd'hui ? Cet après-midi ? Et il ne s'est rien passé ? »

Elle s'adressa à Colin, lui dit quelque chose que je ne pus comprendre, puis se retourna vers moi :

« Allons-y, à présent. »

Je fermai l'appartement à clé. Rob s'empara de mon sac ; dans l'ascenseur, il me prit l'épaule comme pour me rassurer. Je me dégageai poliment.

À l'entrée de mon immeuble stationnait un véhicule noir officiel, sans chauffeur. Avant d'y pénétrer, Emma jeta un regard approbateur vers la grande bibliothèque de quartier toute proche et vers les trois librairies de ma rue, encore ouvertes malgré l'heure tardive. Elle eut un sourire plein d'amertume et murmura, plus pour elle-même que pour moi :

« Vous étiez bien, ici… »

À cet instant précis, les devantures des librairies s'éteignirent. Aux fenêtres des immeubles, les clartés faiblirent, indiquant que chacun rejoignait sa chambre ou le salon. Je devinai que venait de retentir la sirène quotidienne de *l'Heure du Livre*. Depuis le milieu du XXIe siècle, l'Europe entière se conformait à cette coutume. Elle datait de l'époque où avait été dénoncée l'utilisation abusive des images en général et des écrans en particulier. Depuis, la lecture occupait la majeure partie du temps libre de presque toute la population.

Nous montâmes tous les quatre dans le

véhicule ; il se haussa sur son coussin d'air et démarra dans un imperceptible frissonnement électrique. Il était piloté par un robot et guidé par ordinateur. Preuve que les Voyelles, dans certains domaines, faisaient confiance à l'informatique.

J'eus un moment d'euphorie intense. Ainsi, c'était vrai : j'avais été élue ; j'avais le privilège de traverser Paris dans ce véhicule étonnant – et en compagnie des trois Voyelles les plus prestigieuses de l'Académie.

« Vous vivez seule ? me demanda Emma.

— *Oui*, écrivis-je sur mon carnet. *Les livres m'ont permis d'apprivoiser ma solitude.*

— Vos parents... »

C'était une question puisque Emma laissa sa phrase en suspens.

« *Ils sont morts il y a deux ans. Ils étaient sourds-muets eux aussi. Ils m'adoraient. Mon enfance fut très heureuse.*

— Votre existence ne doit pas être facile. »

Elle semblait si compatissante que j'écrivis pour la rassurer :

« *Grâce au PPP, mes interlocuteurs construisent leurs phrases, articulent les mots. Ils veillent à s'exprimer de façon simple et claire et à ne pas s'interrompre les uns les autres.*

Ainsi, faute de leur répondre, je peux suivre leurs conversations. »

Qu'aurais-je pu ajouter ? Que mon handicap, dans la République des Lettres, m'excluait des salons ? Que mon amie Mondaye ignorait mon infirmité ? Que rencontrer l'âme sœur était exclu – qui aurait accepté de vivre avec une sourde-muette ? Le seul garçon que j'avais jamais aimé était Lund, le héros du livre d'Emma, ce fameux *Fils disparu* ! Son sort m'avait bouleversée ; mais la pudeur m'empêchait de l'avouer à son auteur. J'étais encore trop intimidée par cette femme pour l'interroger. Était-elle vraiment la mère de ce personnage de roman ? Son ouvrage avait-il une part de vérité – et laquelle ?

Emma détourna la tête. Elle était la première à savoir que les sourds-muets, dans l'Europe des Lettres, étaient devenus aussi rares qu'encombrants ; si rares que n'existait même plus leur fameux « langage des signes » : s'ils désiraient s'intégrer à la société, ils devaient lire et écrire, seul moyen pour eux de s'exprimer.

C'est ce que j'avais fait.

Emma se tourna une nouvelle fois vers moi pour m'affirmer :

« Désormais, vous allez rejoindre une grande famille. »

Elle ne semblait pas vraiment s'en réjouir. Si ce que relatait son roman était vrai, elle n'avait aucune nouvelle de son fils depuis plusieurs années. D'une certaine façon, elle était orpheline, elle aussi. Mais cela ne nous rapprochait guère : Emma semblait lointaine et très préoccupée.

Les rues et les avenues étaient désertes. Depuis la disparition des cinémas et l'instauration de *l'Heure du Livre*, l'activité nocturne des villes s'était réduite aux théâtres et aux salles de concert. La nuit, les clients des bars passaient pour mener une vie dissolue. Et ceux qui boudaient *l'Heure du Livre* étaient aussi mal vus que les fumeurs au milieu du XXIe siècle...

Soudain, Emma me désigna les vitrines de l'avenue.

« Vous voyez toutes ces librairies, Allis? me demanda-t-elle. Toutes ces bibliothèques, ces bouquinistes, ces ateliers de reliure, d'écriture ou de calligraphie? Eh bien ils vont tous disparaître. Oui : les livres vont mourir, Allis. Tous les livres. »

Bien qu'elle eût soigneusement articulé, je

doutais avoir compris. Elle guettait ma réaction – comme si j'avais pu déjà soupçonner cette prochaine catastrophe. Mais je ne pouvais afficher qu'une expression incrédule. Je griffonnai sur mon calepin :

« *Que dites-vous ? Je ne comprends pas. C'est impossible !* »

Rob, à l'avant de la voiture, se retourna pour s'emparer de mon crayon ; il attendit un bref assentiment d'Emma pour noter à son tour :

« *Un virus a fait son apparition. Il détruit les textes. Il se propage dans le monde entier, et rien ne semble pouvoir l'arrêter.* »

3

La mort des livres

Je fronçai les sourcils. Qu'un virus puisse *détruire* les textes me semblait invraisemblable, incongru.

« Il faut commencer par montrer à Allis..., dit Rob.

— Soit. Allons aux archives. »

Emma se pencha vers le tableau de bord et articula :

« Au sous-sol ! »

Le véhicule longeait la Seine ; j'aperçus les lumières des quatre tours carrées de la TGB. Je n'avais jamais eu l'occasion d'y pénétrer.

Aujourd'hui, j'y entrais par la grande porte.

Mais c'était une façon de parler, car la voiture, parvenue à la base de l'édifice, s'engouffra dans un tunnel. Dix secondes plus tard, elle s'arrêtait devant une porte blindée, le temps que s'effectue un bref contrôle automatique. Puis elle reprit son trajet pour s'arrêter presque aussitôt.

« Nous y sommes », dit Emma.

L'engin nous avait déposés au carrefour de six longs couloirs. Celui que nous empruntâmes était peu éclairé, et bordé de travées étroites. Là, rangés sur des rayonnages – à l'infini me sembla-t-il – se trouvaient alignés des milliers, des millions de livres.

Je m'arrêtai, prise de vertige. C'était la bibliothèque de Babel.

« Oui, murmura Emma. Ils sont tous là, ou presque. La TGB possède une centaine de niveaux semblables. C'est la mémoire du monde. La nôtre. Celle d'une culture. D'un passé. C'est toute la littérature… »

Elle avança dans la travée, m'invita à approcher, fit la grimace :

« Nous ne sommes pas tombés sur le quartier le plus glorieux… »

Elle promena ses doigts le long des couvertures et sortit un petit volume. C'était un vieux roman du XXᵉ siècle : *Le Club des Cinq en vadrouille*. Aussitôt, Colin s'en empara.

« Vous permettez? »

Une étincelle de malice éclairait son regard. Étincelle aussitôt ternie par une tristesse enfantine.

« Voyez-vous Emma, je connais cet ouvrage ! »

La déléguée des Voyelles hésitait entre incrédulité et désarroi.

« Mais oui : je l'ai lu, Emma ! S'il vous plaît... vous ne pourriez pas en choisir un autre?

— Comment, Colin? Vous, l'auteur de *L'Écrit sans les maux*? Vous, le doyen de notre Académie? Vous plaisantez, je suppose !

— Mais pas du tout. J'ai eu dix ans, moi aussi ! À mon époque, lire de tels livres ne provoquait pas le même scandale qu'aujourd'hui. D'ailleurs, bien qu'étant un garçon, j'étais aussi très friand des séries *Alice* et *Fantômette*.

— Ah, Colin ! S'il vous plaît, taisez-vous ! »

Le vieillard était ravi de sa révélation ; il avait l'expression narquoise de ces enfants bien sages qui viennent de lâcher un gros mot en public. Rob, à côté de moi, se retourna pour pouffer à son aise.

Emma choisit un nouvel ouvrage. C'était un livre de poche de la collection *Duo* au titre évocateur : *Les Feux de la passion*. Elle jeta un œil noir vers ses deux collègues.

« Bien. Et celui-là, aucune objection? demanda-t-elle sèchement. Il n'a pas bercé votre adolescence? Vous ne le regretterez pas, vous êtes sûrs? »

Les deux hommes baissèrent le nez. Je crus voir Colin murmurer :

« C'est tout de même le témoignage d'une époque...

— Oh, rassurez-vous! dit Rob. Il y en a plusieurs exemplaires, regardez. »

Il tira du rayonnage deux nouveaux volumes des *Feux de la passion*. Ils étaient identiques au premier. Emma jugea alors utile de me préciser :

« Il faut que vous le sachiez, Allis : lire ce livre signifie le détruire à tout jamais. »

4

Voyage en L.I.V.

« Installez-vous ici, Allis. »

Emma m'invita à m'asseoir sur un banc métallique.

« Ne soyez pas étonnée si vous êtes prise d'un vertige. Ni si vous vous sentez partir *ailleurs*.

— *AILLEURS ?* notai-je sur mon calepin.

— Oui. Vous allez effectuer ce que nous appelons désormais une *Lecture Interactive Virtuelle*. Avez-vous déjà utilisé un casque de réalité virtuelle, Allis ? »

Je fis non de la tête. Je connaissais l'existence

de ces technologies en usage chez les Zappeurs. Un Lettré n'aurait jamais eu l'idée ni l'envie de les expérimenter. Et j'étais étonnée qu'Emma semble familière du virtuel.

« Vous allez avoir une surprise, Allis. Peut-être agréable, au début.

— Qui sait, Emma? Et si ce texte restait intact? demanda Rob.

— Non, Rob. Vous savez bien que tous les livres de la TGB sont contaminés. Allez-y, Allis. Lisez. »

J'observai la couverture. Un dessin naïf représentait une jeune femme en robe rose au bras d'un homme souriant. En arrière-plan se dressait, au milieu d'un parc, une grande bâtisse bourgeoise. Je ne prêtai même pas attention au nom de l'auteur; je feuilletai l'ouvrage pour arriver très vite au chapitre 1 et me mis à lire.

Lorsque Valérie Morris arriva au domaine de Bois-Joli, elle fut aussitôt éblouie par les grands arbres centenaires de l'allée qui menait à la somptueuse demeure. Sur le seuil, une domestique l'attendait. En la voyant approcher, elle lui adressa un sourire radieux, et s'inclina en murmurant :

« Mademoiselle Harret ? Comme je suis fière d'être la première à accueillir la fiancée de monsieur !

— Oh non ! s'empressa de rectifier Valérie. Je suis seulement l'infirmière qui a été engagée pour... »

À cet instant de ma lecture, je sentis ma vue se brouiller ; tout ce qui m'entourait bascula dans un vide coloré.

Il me fallut quelques secondes pour reprendre pied – et pour comprendre...

Comprendre que je ne me trouvais plus dans les sous-sols de la TGB mais sur le seuil d'une maison inconnue ! Face à moi, je *reconnus* le parc, les arbres... et l'héroïne du roman que je venais de commencer. Oui : *je reconnus même la domestique* qui pourtant ne figurait pas sur la couverture ! Mais elle était telle que je l'avais imaginée. Au fait, l'avais-je vraiment *imaginée* ? Non, pas exactement ; son visage et son expression étaient restés dans ce flou où sont noyés les personnages secondaires d'un texte. Mais maintenant que je l'avais en face de moi, je savais que c'était elle.

Cette réalité reconstituée était parfaite. Trop parfaite, même : la maison paraissait tirée d'une image de magazine ; le paysage ressemblait à un tableau bon marché ; Valérie Morris, face à moi, avait des airs de poupée fragile, et sa robe semblait sortir de chez le teinturier.

Je déplaçai mon regard. J'avançai. J'étais réellement *ailleurs*. À l'intérieur du texte, en quelque sorte ! Mais pas dans la réalité : car, miracle, *j'entendais*. Oui : je percevais le frissonnement du vent dans les arbres et les cris des oiseaux ; je me tournai vers Valérie Morris qui insistait d'une petite voix acidulée :

« Je ne suis pas mademoiselle Harret, je suis l'infirmière...

— Ah ! Venez, je vais vous montrer votre chambre. »

Le ton de la domestique était devenu froid, impersonnel. Elle pénétra dans le vestibule ; Valérie la suivit, en oubliant sa valise sur le seuil où je me trouvais.

Mais *qui* étais-je dans cette histoire ? Un fantôme ? Non : en avançant la main, je m'aperçus que j'existais bel et bien. Je m'emparai de la valise ; je pus estimer son poids à une dizaine de kilos et sentir sous mes doigts la dureté de sa poignée en plastique. À la suite des deux femmes, je pénétrai dans le hall où régnait une odeur entêtante. J'aperçus, sur un guéridon, un énorme bouquet de roses.

« Oh, ma valise est là ! Donnez-la-moi, voulez-vous ? »

Valérie revint vers moi, prit son bagage et s'éloigna en montant quatre à quatre un grand escalier de marbre.

« Je me demande quand la fiancée de monsieur va arriver… »

Soudain, sans transition, la servante se trouvait à mes côtés.

« Que pensez-vous de la nouvelle infirmière ? »

Était-ce à moi qu'elle s'adressait ?

« Je… Eh bien à vrai dire… »

Incroyable : c'était *moi* qui balbutiais ainsi ! Moi qui, depuis ma naissance, n'avais jamais prononcé un mot !

« Elle ne m'inspire pas du tout confiance, reprit sèchement la domestique. Je crois que nous devrons nous en méfier ! »

Elle avait à peine achevé sa phrase que le monde bascula à nouveau. Mes oreilles bourdonnèrent, se bouchèrent ; et la clarté du jour fit place à une pénombre où je devinai peu à peu, face à moi, les livres de la TGB.

J'étais toujours assise, l'ouvrage entre les mains.

« Vous n'avez pas bougé, dit soudain Emma. Vous avez seulement tourné quelques pages, sans vous en apercevoir. »

Je voulus lui répondre en jetant une exclamation.

« Que dites-vous ? » demanda Emma.

Rob me tendit mon carnet de conversation ; j'y griffonnai :

« *C'est fabuleux !*

— C'est magique, en effet, me dit Rob dans un sourire.

— C'est diabolique », répliqua Emma sur un ton que je devinai très sec.

Elle me désigna le livre que je tenais encore, et m'ordonna :

« Regardez-le bien, à présent. »

La couverture était intacte. Le titre y figurait toujours, avec le nom de son auteur. Mais la première page était blanche. La seconde aussi...

Fébrilement, je feuilletai l'ouvrage. Du texte, il ne subsistait plus rien. Jusqu'à la page vingt et un. Les pages qui suivaient étaient brouillées : les lettres, à moitié effacées, semblaient avoir été jetées en désordre sur le papier ; elles ne constituaient plus un seul mot cohérent. C'est seulement vers la page quarante que l'on pouvait reprendre le fil de la lecture.

J'écrivis sur mon carnet :

« *Expliquez-moi !*

— C'est simple, articula Emma. Il s'agit d'un virus. Un virus inconnu. Rien ne semble pouvoir l'enrayer. Il a gagné toute la TGB et de nombreux lieux de lecture dans Paris. D'après nos récentes sources d'information, plusieurs villes d'Europe sont touchées. Tous les livres sont condamnés.

— *Un virus ? Mais comment peut-il agir ?*

— Tout ce que nous savons, reprit Rob, c'est que chaque livre qui en est porteur contamine alors son lecteur. Puis celui-ci le transmet à tous les ouvrages qu'il lit. C'est ce qui vient de vous arriver, Allis.

— *Comment suis-je revenue à la réalité ?*

— Je me suis contentée de fermer le livre, dit Emma. Sinon, vous y seriez encore, n'est-ce pas ? »

Elle me toisa d'un regard sévère et j'eus envie de lui répondre : « Bien sûr ! Comment ne pas être fascinée par cette expérience ? Comment ne pas désirer *vivre* réellement les histoires qu'on lit ? »

« En fait, c'est une simple question de volonté, reprit-elle. Il suffit au lecteur de refermer le livre. Une seconde plus tard, il réintègre la réalité et se retrouve assis. Car pendant cette lecture virtuelle, on ne bouge absolument pas.

— *Mais alors, les mots s'effacent un à un ?*

— Oui. Regardez, je vais vous montrer. »

Emma s'empara d'un autre exemplaire des *Feux de la passion* ; puis elle s'assit à côté de moi. Elle aperçut la moue narquoise de Colin et jeta :

« Oh, ce n'est pas par plaisir, vous savez ! C'est pour la bonne cause.

— Mais je n'ai rien dit ! protesta Colin. Pourquoi vous justifiez-vous ?

— Rob, reprit-elle, vous expliquerez à Allis comment me rejoindre. »

Emma prit son exemplaire des *Feux de la passion* et commença à le lire. Pendant les dix premières secondes, rien ne se produisit. Elle tourna même la page sans qu'aucun mot ne s'efface. Et soudain, les lettres se ternirent et les phrases disparurent une à une, exactement comme s'efface un texte sur l'écran d'un ordinateur quand on garde enfoncée la touche « suppr » !

« *C'est fascinant ! Mais que devient l'encre ? Elle s'évapore ?*

— Sans doute, me répondit Rob. Nous ne le savons pas encore. »

Assise à côté de moi, Emma lisait, les yeux fixes, le regard vague, complètement absorbée par l'histoire. Quand elle tournait une page, celle-ci devenait presque aussitôt blanche. Rob m'expliqua :

« Tout se passe comme si le lecteur se projetait dans l'action future. Ainsi se trouvent effacés des passages qu'il n'a pas encore lus. Étrange, n'est-ce pas? Ah... Il faut que vous rejoigniez Emma, à présent.

— *La rejoindre ? Mais comment ?*

— Reprenez le livre que vous avez commencé à lire. Non, non : pas à la page quarante. Depuis le début. »

Cela me semblait absurde. J'écrivis dans mon carnet :

« *Mais les pages sont vierges !*

— Les pages, oui. Mais votre esprit, lui, ne l'est plus. Vous avez conservé en mémoire ce que vous avez déjà lu. Essayez, vous verrez. »

Sceptique, j'ouvris *Les Feux de la passion* et je fixai la première page du texte évanoui. Ce fut presque instantané : je basculai dans le même vide qui m'avait surprise tout à l'heure. Et je me retrouvai sur le seuil de la même maison, face au même parc, à côté de la même domestique.

Une somptueuse limousine apparut au bout de l'allée ; elle freina – et le gravier crissa – avant de venir stopper devant le grand escalier extérieur.

« Ah ! s'exclama la servante. Cette fois, c'est mademoiselle Harret. »

Un chauffeur en livrée ouvrit la porte arrière du véhicule. Une jeune femme en sortit. Elle portait des escarpins de cuir blanc et une robe rose qui découvrait ses épaules.

Je descendis l'escalier et m'approchai. Mademoiselle Harret était moins jeune que je ne l'avais cru. Son visage me sembla familier. Tout à coup, je reconnus le chignon qui nouait ses cheveux.

« Mademoiselle Harret ! Je suis ravie de vous accueillir. Bienvenue à Bois-Joli ! », dit la domestique à la jeune femme qui lui adressa un sourire hautain et jeta vers moi un regard sans indulgence.

« Qui êtes-vous ? me demanda-t-elle.

— Je suis... Allis. Allis L.C. Wonder ! Est-ce

que vous ne me reconnaissez pas, Emma?

— Allis? Mais alors... »

Soudain, Emma aperçut sa robe, ses souliers; elle se tourna vers le chauffeur qui attendait ses ordres. Elle rougit, grommela :

« Quel accoutrement! Voilà un des effets secondaires de ce virus, Allis. Me voici dans la peau de... Oh, comme j'ai honte! »

J'éclatai de rire. C'était la première fois de ma vie que je riais *vraiment*.

« Je ne trouve pas ça drôle du tout! me jeta Emma-Harret en tripotant sa robe avec irritation.

— C'est Valérie Morris, la nouvelle infirmière, expliqua alors la domestique en me désignant. J'ignorais que mademoiselle la connaissait déjà. »

Moi? L'infirmière? C'était vrai : à mes pieds se trouvait la méchante valise de carton-pâte avec sa poignée en plastique. Pourtant, lors de ma lecture précédente...

Emma réprima un bref ricanement :

« Vous voyez, Allis : vous n'êtes guère mieux lotie que moi!

— Mademoiselle veut-elle entrer? lui demanda la domestique avec une déférence appuyée.

— Prenez donc mes bagages, voulez-vous ? Et vous, Valérie, accompagnez-moi jusqu'au... »

Emma-Harret s'interrompit, confuse. Elle avait saisi les pans de sa robe pour gravir l'escalier. Figée dans ce geste d'un autre âge, elle murmura :

« Je suis désolée, Allis. C'est épouvantable, n'est-ce pas ?

— Pas tant que cela ! Ici, voyez-vous, je parle et j'entends.

— Sottises ! Vous ne dites et vous n'entendez rien du tout. Tout ce que nous vivons se passe dans notre tête. C'est une sorte de rêve artificiel. Tout est possible, dans un rêve.

— Précisément...

— Vous en avez assez vu. Revenons à la réalité. »

Pour fermer le livre, je n'eus qu'un bref effort à accomplir, le même, je suppose, que celui qu'on devait faire autrefois pour éteindre la télévision au milieu d'un feuilleton.

D'un coup, je repris conscience ; j'étais assise sur le banc à côté d'Emma. Nos regards se croisèrent. C'était très étrange de se retrouver dans le sous-sol de la TGB alors que nous étions dans un univers différent si peu de temps auparavant.

« Voilà, grommela-t-elle. Comme vous l'avez constaté, plusieurs lecteurs peuvent se rejoindre dans la même histoire. Selon leur sensibilité ou le sens du texte, ils s'identifient à l'un ou l'autre des personnages ; ils peuvent intervenir pour modifier l'action. Parfois, ils se contentent d'utiliser le décor. »

À ce moment précis, je ne mesurais pas la gravité de la situation. Au contraire, j'étais enthousiasmée !

« Je sais ce que vous pensez, me dit sévèrement Emma. Vous croyez que nous dramatisons ; que ce virus, loin d'être un obstacle, peut ouvrir de nouveaux horizons. »

Elle désigna les milliers de volumes alignés.

« Mais c'est la mort des livres, Allis ! Désormais, tout ouvrage lu se transforme en un paquet de papier blanc.

— Pas exactement, rectifia Rob. Tout ce qui n'est pas romanesque – les documentaires ou les essais – résiste au virus. Car *il faut que le texte fasse image* pour qu'il s'efface et entraîne son lecteur ailleurs.

Il articulait avec un soin inutile. J'écrivis sur mon carnet :

« *Les livres sont peut-être condamnés, mais pas la lecture ! Ici même, à la TGB, tous les classiques ne sont-ils pas transcrits en langage binaire ?*

— Hélas, dit Rob, le virus n'affecte pas que le papier. Il efface tout ce qui est lu, tout ce qui permet au lecteur de s'évader. Il permet... comment dire ? »

Il se tourna vers Emma, pesa sa formule avec soin :

« Une lecture directe. Un contact immédiat avec l'imaginaire de l'auteur.

— Absolument pas, dit Emma. Ce sont là des arguments de Zappeur déguisés. Une image, un décor, un film n'ont rien à voir avec la lecture ! Les univers où le virus nous entraîne sont des moules, des stéréotypes, des impasses. Sans le savoir, Rob, vous justifiez l'action de nos ennemis.

Soudain, tous trois sursautèrent, signe qu'un bruit venait de retentir. Colin désigna sa montre :

« Vingt-deux heures : la cession nocturne extraordinaire...

— Allons-y », dit Emma en remettant son ouvrage en place.

Elle s'aperçut que j'étais fascinée par mon

exemplaire, resté à moitié imprimé. Elle me le prit des mains et, avec un sourire un peu méprisant, le glissa d'autorité dans l'une des poches latérales de mon sac :

« Cadeau ! »

Je posai ma main sur son épaule et je lui désignai mon carnet sur lequel j'avais écrit :

« *Nos ennemis ?*

— Les ZZ : les Zappeurs Zinzins, dit Emma. Nul doute que ce sont eux qui ont propagé ce virus. »

5

Une réunion mouvementée

Je me souviens de mon émotion quand nous entrâmes dans la salle du Conseil des Voyelles.

C'était la plus grande pièce de la TGB ; elle était tapissée de livres. Sur le pourtour de son chapiteau était écrite la devise de l'AEIOU, un extrait de la *Septième Lettre* de Platon : « *Les malheurs des hommes ne cesseront pas avant que les philosophes n'arrivent au pouvoir, ou que les chefs des cités, par une grâce divine, ne deviennent eux-mêmes philosophes.* »

On y trouvait aussi affichés les portraits des auteurs les plus prestigieux de toutes les littératures – c'est-à-dire les vrais artisans du destin de l'humanité. Comme l'avait un jour affirmé Colin : « *Si les hommes ont instauré la République, ce n'est pas grâce à La Fayette, Danton ou Robespierre mais parce que Platon, Thomas More, ou Jean-Jacques Rousseau en avaient semé l'idée dans les esprits. Si l'on a conquis la Lune, ce n'est pas grâce à Tsiolkowski, Kennedy ou Werner von Braun ; c'est parce que Cyrano de Bergerac, Jules Verne et Hergé en avaient cultivé le projet dans l'imaginaire collectif.* »

Je restai immobile à l'entrée de la salle ; j'admirais, par-delà les gradins, les hautes baies vitrées qui donnaient sur le jardin intérieur illuminé. Je mis un instant à comprendre que les membres de l'AEIOU m'ovationnaient, debout.

Emma leva la main pour réclamer le silence.

« Mesdames, messieurs, asseyez-vous. Une petite difficulté va se présenter à nous, ajouta-t-elle en me désignant. Notre nouvelle membre élue ne peut... ni s'exprimer, ni nous entendre ! »

Je devinai dans l'assemblée quelques mouvements d'incrédulité.

« En effet, Allis L.C. Wonder est sourde et muette. »

Ce fut au tour des Voyelles de rester sans voix. Emma enchaîna, profitant de leur désarroi :

« Certes, elle sait lire sur les lèvres de ses interlocuteurs les plus proches. Mais ici, nous sommes nombreux et éloignés. Elle ne pourra pas suivre nos dialogues, d'autant qu'il nous arrive parfois de... (elle soupira) de parler tous en même temps ! En outre, Allis doit participer à nos débats. »

Elle saisit mon carnet de conversation et le tendit à bout de bras.

« Et à cette distance, vous ne pourrez rien lire, n'est-ce pas ? Il faut donc doter cette salle d'un dispositif qui permettra à Allis de suivre nos échanges et de nous faire part de ses remarques. »

Elle adressa un petit signe à Rob, qui quitta la salle. Dans l'assemblée, quelqu'un se leva : une grande femme élégante au visage un peu trop maquillé. Aussitôt, je la reconnus. C'était Céline L.F. Bardamu ; ses textes m'avaient toujours fascinée, bien que leur contenu m'ait déplu. Céline était la responsable de la sécurité du pays.

« Attendez, Emma : ce fait nouveau me semble de nature à modifier nos projets. Si nous avions su avant le vote qu'Allis L.C. Wonder était affligée de telles infirmités, croyez-vous que nous l'aurions élue ?

— Elle l'est, Céline. Oseriez-vous revenir là-dessus ?

— Oui : hier, je n'ai pas voté pour *Des livres et nous*. De toute évidence, ce texte prend la défense des Zappeurs. Et aujourd'hui, nous apprenons qu'il a été écrit par quelqu'un qui ne possède même pas son PPP ! »

Au moins, c'était clair : j'avais une ennemie déclarée.

« Et demain, Emma, ajouta-t-elle avec hargne, je suppose que vous demanderez qu'on installe pour cette demoiselle un… un *écran* dans cette salle ? »

Dans sa bouche, ce mot devenait une grossièreté.

« Non pas *demain*, Céline, mais *ce soir même* », reprit Emma sans se départir de son calme.

Plusieurs académiciens se levèrent. Ils semblaient scandalisés. Je devinai qu'ils vociféraient aussi fort qu'ils m'avaient acclamée tout à l'heure. En croyant avoir identifié *une* ennemie, j'étais loin du compte !

Mais les protestataires déclarés n'étaient pas plus de dix. Et leur réaction me semblait plus convenue et théâtrale que réelle – comme s'ils avaient jugé que leur place ou leur rang nécessitait cette protestation. Les autres Voyelles n'avaient manifesté aucune hostilité ; plusieurs me considéraient même avec sympathie. Tous semblaient nerveux et inquiets. En réalité, le problème du jour, ce n'était pas moi mais ce virus mystérieux.

« Aussi, reprit Emma, je ne vous demande pas votre avis ! La présence d'Allis n'est pas seulement légale : elle est nécessaire. Il faut qu'elle comprenne l'étendue du désastre. Et qu'elle nous livre son opinion sur la conduite à tenir. »

Céline se leva pour intervenir. Emma lui cloua le bec :

« *Ensuite*, Céline, nous voterons. »

Rob réapparut. Il était accompagné de deux appariteurs en uniforme, qui apportaient un écran géant à cristaux liquides : un modèle 16/9 datant de l'époque où tous les cinémas en étaient équipés. Ce bijou de la technologie fut fixé face aux gradins comme un vulgaire tableau noir. Rob posa un clavier devant moi. Tandis qu'on installait un micro devant chaque membre de l'Académie, Rob s'adressa à ses collègues scandalisés :

« Rassurez-vous : vous n'utiliserez pas de clavier : grâce à un logiciel de reconnaissance vocale, toutes vos paroles seront retranscrites instantanément. Il y a même un correcteur d'orthographe intégré...

— Un véritable Homme-Écran, ce Rob ! lança Céline, sarcastique. Un champion du multimédia ! »

Il y eut quelques sourires gênés qu'Emma ignora pour déclarer :

« Je laisse la parole à Fabrice H.B. Sorel. Il va résumer l'historique du problème et nous en dresser le bilan. »

Fabrice H.B. Sorel se leva gauchement. C'était un homme mûr et frêle aux allures d'adolescent. Il parcourut d'abord les gradins du regard, comme pour quêter l'assentiment de ses collègues ; puis, sur un signe d'Emma, il ouvrit un dossier et lut :

« Le virus L.I.V. 3 semble avoir fait son apparition le mois dernier, dans la plupart des villes d'Europe... »

À présent, grâce au décodeur vocal, le texte apparaissait sur l'écran avec un décalage infime.

« Sa première localisation, dans la banlieue nord de Paris, date du 15 juin. Le 20, la présence du virus était simultanément notée à Lille, Lyon, Bordeaux, Londres, Berlin et Madrid. À la fin du même mois, la TGB et plusieurs quartiers de notre capitale étaient contaminés. Les États-Unis n'ont été touché qu'en juillet ; là-bas, le phénomène ne semble pas avoir de conséquences dramatiques... »

Depuis un demi-siècle, les États-Unis et les Empires de l'Est avaient fait sécession : réagissant contre l'instauration de la République des Lettres, ils avaient privilégié la diffusion des images par le biais de la télévision, des ordinateurs et des jeux vidéo virtuels.

« Tous les gouvernements nient être à l'origine du mal. Une évidence s'impose : le virus L.I.V. 3 est né non loin d'ici, probablement à Épinay-sur-Seine ou à Saint-Denis.

— Bien sûr ! interrompit Céline. Ce sont les Zappeurs des banlieues qui l'ont créé dans la ZZZ ! »

Je fronçai les sourcils. Emma me précisa en articulant en silence :

« La Zone des Zappeurs Zinzins ! »

Rob comprit vite qu'il m'était impossible de savoir qui s'exprimait. Alors il pianota sur son clavier, en caractères gras, le nom de chaque intervenant. Bientôt, l'écran géant ressembla étrangement à celui d'un ordinateur branché sur un salon du web.

CÉLINE : Il faut détruire les antennes paraboliques clandestines qui fleurissent dans les banlieues ! Faire la chasse aux jeux vidéo qui circulent sous le manteau ! Interdire l'usage des casques de réalité virtuelle ! Supprimer par décret ordinateurs et téléviseurs ! Et éliminer les Hommes-Écrans, ces individus affreusement transformés !

J'aperçus Emma hausser les épaules.

EMMA : Cela aurait autant d'effet que de voter une loi contre le virus !

Une autre Voyelle, que je ne pus identifier, intervint.

DOM : Allons, Céline, des mesures autoritaires auraient un résultat dérisoire, vous le savez bien ! Le web existe. Le sol du pays est tissé d'un réseau de câbles que des fanatiques ne cessent de réparer et d'étendre. Les satellites inondent d'émissions toute la planète ! Aucune loi n'empêchera un Zappeur de trouver des images s'il en désire...

Je levai la main. Emma me fit signe d'utiliser mon clavier.

ALLIS : Pourquoi croyez-vous que le virus a été créé en banlieue nord ?

EMMA : Parce que cette zone abrite la ZZZ, nous en sommes certains. C'est là que des Zappeurs Zinzins volontaires ont subi les premières greffes d'écrans.

CÉLINE : Hélas, jamais nos services de sécurité n'ont pu découvrir les laboratoires où sévissent ces horribles pratiques.

EMMA : Nul doute que le virus a été mis au point au même endroit !

ALLIS : Ce virus, n'existe-t-il aucun moyen de l'éradiquer ? N'avez-vous pas soumis le problème aux chercheurs ?

Un silence embarrassé répondit à ma question.

ROB : Si. Nos spécialistes planchent. Mais ils nous ont laissé peu d'espoir : ceux qui ont mis le virus au point sont forts. Très forts. Bien plus que les quelques savants qui restent dévoués à notre cause.

Depuis longtemps, les scientifiques

avaient fait cause commune avec les bidouilleurs de génie qui ne juraient que par l'informatique et la vidéo.

EMMA : Pendant qu'ils cherchent, nous devons agir. Sans espérer de miracle.

DOM : Nous devrions protéger les livres rescapés ! Interdire la lecture en attendant qu'un remède soit trouvé !

CÉLINE : Ridicule : ce serait capituler publiquement face à l'adversaire !

ALLIS : Pourquoi les Zappeurs ont-ils baptisé ce virus L.I.V. 3 ? Ce chiffre évoque-t-il les trois dimensions ?

ROB : L.I.V. signifie sans doute *Lecture Interactive Virtuelle*. Sonn, le maître des Zappeurs, ou les ZZ ont dû vouloir mettre au point deux virus L.I.V. successifs. Deux échecs. Mais le troisième, c'est une... réussite.

À l'autre bout de la salle, le rapporteur profita du silence momentané pour continuer la lecture de son dossier :

FABRICE : Le virus se propage du livre au lecteur et du lecteur aux livres. Chaque ouvrage ou chaque individu contaminé transmet le virus par simple contact.

ALLIS : Attendez. Vous voulez dire que je suis maintenant atteinte ? Définitivement ?

Depuis que vous m'avez fait lire le début de ce roman?...

Rob : Vous êtes contaminée depuis que nous avons frappé à votre porte, Allis. Vous l'auriez été tôt ou tard.

L'écran était redevenu muet. Je pris conscience que toutes les Voyelles m'observaient. Avec une attention qui me fit craindre le pire.

Allis : Mais qu'attendez-vous de moi? Pourquoi m'avez-vous élue?

Emma : Nous aimerions avoir votre opinion sur le virus, Allis. Selon vous, que faut-il faire?

Je ne me donnai pas la peine de réfléchir.

Allis : Puisqu'il semble impossible de l'enrayer, il faut retrouver ceux qui l'ont créé. Peut-être ont-ils mis au point un antidote?

Céline : Et vous imaginez que les ZZ vont nous le vendre? Nous l'échanger? Vous rêvez, ma petite! Ce que veulent ces fanatiques, c'est le pouvoir. Ou plutôt l'anarchie!

Emma : Les retrouver, soit. Mais comment?

Les Zappeurs se cachaient; ils avaient leurs zones d'influence, leurs habitudes, leurs codes. Ils ne touchaient jamais un livre ni même le JOEL. Ils communiquaient avec des téléphones portables, mais surtout grâce au web qui autorisait tous les codes et tous les anonymats.

ALLIS : Il faut révéler la présence du virus dans la presse et par voie d'affiches. Mais aussi à la télévision. Pourquoi ne pas lancer un appel? Et faire savoir que les Voyelles souhaitent contacter les ZZ?...

On ne me laissa pas aller au bout de ma ligne :

CÉLINE : Pardi! Clamer notre impuissance! Et qui plus est, avec les moyens de nos ennemis!

EMMA : Céline n'a pas tort, Allis : ce serait inutile. Les inventeurs du virus se réjouiront de l'annonce officielle de notre défaite. S'ils avaient voulu négocier, ils nous auraient déjà contactés.

ALLIS : Vous envisagez une autre solution?

Un nouveau silence s'installa. Les Voyelles baissèrent la tête. Je compris qu'un débat animé avait dû précéder ma venue. Un débat qui avait peut-être été à l'origine de mon élection.

EMMA : Oui. Nous aimerions vous envoyer en banlieue nord, Allis. Avec pour mission de retrouver ceux qui ont créé L.I.V. 3.

Ainsi, c'était cela! Ma joie d'être admise au

sein de l'Académie se transforma en panique.

ALLIS : MOI ? MOI ? MAIS POURQUOI ?

EMMA : Parce que vous êtes le sujet idéal, Allis. Nous avons soigneusement analysé votre ouvrage. Sa popularité immédiate n'est pas due au hasard. Il contient en filigrane une réflexion... audacieuse et nouvelle sur notre société.

Emma m'adressa un sourire interrogatif. Elle avait tout compris : mes réticences face aux méthodes et aux convictions désuètes du Gouvernement de l'Europe des Lettres. Mon désir de connaître les motivations des Zappeurs et d'apprivoiser leurs technologies. La nécessité de réconcilier les écrans et les livres... Pourquoi étais-je si étonnée ? En réalité, j'étais parvenue exactement là où je le désirais. Le problème, c'est que je récoltais ce que j'avais semé bien plus tôt que je ne l'avais pensé !

EMMA : *Des livres et nous* apporte un éclairage nuancé et pertinent à nos problèmes actuels. Nous ne doutons pas que vous êtes une Lettrée convaincue, Allis. Mais vous semblez connaître les habitudes des Zappeurs et vous ne nourrissez pas à leur égard la même méfiance que nous. Vous pourriez sonder leurs intentions et – qui sait ? – leur arracher le secret d'un antidote.

Emma parcourut l'assemblée d'un regard qui n'était pas très tendre.

EMMA : Personne ne s'est proposé pour cette mission. Nous pensons qu'ils se méfieraient moins de vous que d'aucun d'entre nous.

Elle se tourna vers moi en me souriant à nouveau. Avec une franchise et une conviction désarmantes.

EMMA : Et nous espérons tous, Allis, que vous serez volontaire.

6

La mission d'Allis

J'étais redevenue le centre de l'attention des Voyelles. Même Céline semblait attendre ma réponse. Visiblement, on ne me laissait pas un long délai de réflexion. Emma devina mes réticences :

EMMA : Le temps presse. Le virus fait d'énormes ravages.

ALLIS : Comme l'a souligné Céline, mes infirmités…

EMMA : Au contraire, elles constituent un atout !

ROB : Vous ne serez pas la première, Allis :

nous avons déjà envoyé plusieurs espions. Les ZZ les ont vite identifiés ; ils les ont ridiculisés à la télévision, dans leurs émissions clandestines.

ALLIS : Je suis l'auteur d'un livre à succès. Je suis devenue une Voyelle...

EMMA : Votre nom est connu – mais pas votre visage. Vous partirez munie d'une autre identité.

Refuser, c'était se résigner à voir la situation s'aggraver. La gorge nouée, je tapai :

ALLIS : J'accepte.

Emma se leva et applaudit, imitée par une trentaine de Voyelles.

EMMA : À présent, votons pour que l'Académie envoie Allis en mission.

CÉLINE : L'usage ne veut-il pas qu'elle prête d'abord serment ?

EMMA : En effet. Rob, pouvez-vous recopier le texte de la Constitution ?

ROB : Inutile : il figure en mémoire sur le disque dur.

Une seconde plus tard s'inscrivit sur l'écran :

1. Celui qui choisit la raison pour guide honorera les sciences pour renforcer son jugement.

2. Il soumettra ses sentiments au contrôle de sa conscience.

3. Il ne cherchera pas les richesses.

4. Il fuira les honneurs et les charges publiques s'ils compromettent l'équilibre de son âme.

Ces extraits du *Testament* de Platon étaient célèbres. Ils figuraient à la fin de son *Neuvième Livre* et servaient de code d'honneur à l'AEIOU. Leur contenu me rappela les contraintes que j'acceptais... Désormais, mes prochains ouvrages seraient publiés sous pseudonyme. Ils ne me rapporteraient plus d'argent. Je percevrais un petit salaire mensuel symbolique. Je disposerais à la TGB d'un simple studio de fonction.

Devenir une des quarante Voyelles, c'était accéder au pouvoir. Et le pouvoir n'était cumulable ni avec la célébrité, ni avec l'argent.

Je tapai sur mon clavier la formule rituelle :

ALLIS : Du *Testament*, j'accepte les conditions ; je jure d'être fidèle à la Constitution.

On me présenta un registre. J'apposai ma signature à côté de la date et de mon nom. Lorsque je relevai la tête, j'aperçus sur l'écran le texte soumis au vote :

Allis L.C. Wonder a pour mission de découvrir ceux qui ont mis au point et transmis le virus L.I.V. 3. L'Académie lui délègue tous ses pouvoirs ; elle lui demande d'agir dans le plus grand secret et dans les limites de la Constitution à laquelle elle a prêté serment.

Sur l'écran, au-dessus du siège d'Emma apparut le chiffre 37. Céline pâlit devant cette majorité écrasante et inattendue.

EMMA : Je déclare la séance levée.

Les Voyelles se levèrent. Certains membres quittèrent la salle, d'autres formèrent de petits groupes pour commenter le vote.

Emma m'entoura familièrement les épaules.

« Venez, Allis, me dit-elle gentiment. Vous avez droit à une bonne nuit de sommeil.

— Je vais conduire Allis dans son nouvel appartement, dit alors Rob en s'emparant d'autorité de mon sac. Allez donc vous reposer, Emma. La journée a été rude. »

Il me prit la main comme si j'avais été malvoyante. Puis il m'entraîna dans un long couloir, me fit traverser l'immense bibliothèque qui baignait dans la pénombre. Dans les travées, les rayonnages étaient couverts de livres jusqu'au plafond. J'avais peine à croire que ces ouvrages étaient contaminés. Rob me désigna les ordinateurs, car le service des prêts était informatisé :

« Vous voyez, la technologie existe aussi dans ces augustes locaux. Mais elle ne nous est plus d'aucun secours. »

Il m'invita à entrer dans un ascenseur. Là, son visage tout près du mien, il me confia :

« J'ai beaucoup aimé *Des livres et nous*. J'étais impatient de rencontrer son auteur. Impatient et inquiet. Mais je ne suis pas déçu, Allis. Pas du tout. »

Il me souriait avec une insistance gênante. Je baissai la tête. Pas assez pour ne pas voir ce qu'il me disait.

« Je regrette que vous nous quittiez si vite. Je vous dois une confidence : chez vous, j'ai cru voir que vous étiez branchée sur le web. Est-ce exact ? »

Je dus rougir. Par chance, c'est à cet instant que la porte de l'ascenseur s'ouvrit. Face à nous, sur une porte de chêne, je découvris l'étiquette : « Allis L.C. Wonder »

« Confiez-moi votre pseudonyme et votre code d'accès, Allis ! Ainsi, nous pourrons communiquer pendant votre mission. Oh, je serai discret, rassurez-vous ! »

Rob continuait à me parler, mais je ne le regardais plus : je ne voulais pas tomber dans ses pièges. Il tenait une clé. Je m'en emparai et je voulus reprendre mon sac. Rob refusait de le lâcher. Je fouillai ma poche pour y trouver mon stylo et mon calepin. Je notai :

« *Merci pour tout, Rob. Pardonnez-moi, mais il est minuit. Et je suis fatiguée, moi aussi.* »

Je soulignai la dernière phrase de deux traits. Rob grimaça :

« Eh bien bonsoir, Allis. Bonne nuit. »

Je refermai doucement ma porte.

J'examinai les lieux. En réalité, ce studio ressemblait beaucoup à celui que j'avais quitté : un lit, une armoire, un grand bureau... et une superbe bibliothèque garnie – un luxe inutile ici, où j'avais librement accès à tous les livres de la TGB. De ma fenêtre, je dominais Paris ; obscur mais bordé de lumières, le ruban de la Seine coulait à mes pieds. Je songeai que je ne profiterais pas longtemps de ce panorama.

J'étais moins fatiguée que je ne l'avais prétendu. Au contraire, j'étais très excitée par cette soirée exceptionnelle. Je connaissais une bonne solution pour m'apaiser : lire! Je m'approchai des ouvrages rangés sur les étagères. C'étaient pour la plupart des classiques que j'avais déjà lus.

Pourquoi pas? C'était si reposant de se replonger dans un texte familier! Je sortis *La Peste* et je l'ouvris.

Toutes ses pages étaient blanches. Je fus d'abord déconcertée. Puis je compris que ce livre avait été lu par celui qui m'avait précédée ici. Quelle déception! Le souvenir des émotions que l'ouvrage avait suscitées en moi m'effleura. Alors, un vertige me saisit et je me retrouvai soudain dans un lieu inondé de soleil, noyé de bruits étrangers. Je reconnus la rue, les cafés, les maisons aux façades blanches : c'était Oran.

Je fermai vivement l'ouvrage. Je revins aussitôt dans l'univers réel, assise sur le lit de mon nouveau studio. Mon cœur battait, et mille questions se bousculaient dans mon esprit.

Je parcourus des doigts les tranches de tous les ouvrages. *Le Grand Meaulnes* était posé à l'écart. Je le feuilletai. Là, les pages étaient restées parfaitement imprimées! J'en ressentis un soulagement inexplicable.

Rassurée, je fis un brin de toilette avant d'aller me glisser entre les draps. Je commençai la lecture du roman d'Alain-Fournier :

Il arriva chez nous un dimanche de novembre 189...

Je continue à dire « chez nous » bien que la maison ne nous appartienne plus. Nous avons quitté le pays depuis bientôt quinze ans et nous n'y reviendrons certainement jamais.

Nous habitions les bâtiments du Cours supérieur *de Sainte-Agathe. Mon père...*

Tout à coup, sans même que je m'en sois aperçue tant les lieux m'étaient familiers, je traversai la grande cour de l'école et m'approchai de la longue maison rouge aux cinq portes vitrées. À quelques pas de moi, une femme sortit de la buanderie. C'était ma mère. Je l'appelai :

« Millie !

— Ah, grommela-t-elle, comme cette maison est mal conçue ! Jamais nos meubles ne trouveront leur place ici ! Et puis toute cette paille, toute cette poussière... »

Elle vint vers moi, se baissa et m'essuya machinalement le visage avant de rentrer dans la maison.

Je restais là, incapable de réagir, lorsque j'aperçus un jeune homme se glisser dans notre jardin par un trou de la haie. Se croyant seul, il s'approcha d'un arbre, cueillit un fruit mûr et y croqua à belles dents.

« Eh, toi ! criai-je, qui es-tu ? »

D'abord, l'autre fit mine de fuir. Puis il me toisa avec arrogance avant de me lancer sur un ton agressif :

« Moi ? Je suis de passage, vois-tu. Je ne suis pas, comme toi, l'un des personnages du livre ! Je viens ici pour me distraire, me promener et chaparder des pêches.

— Eh, attends ! Tu n'as pas le droit… »

Il voulut fuir. Je m'agrippai à sa veste. Il me lança :

« Lâche-moi, sale gosse ! Tu veux vraiment savoir qui je suis ? *Un Zappeur* ! »

Il me renversa d'un rude coup d'épaule. Ma tête heurta la margelle du puits… et je sombrai dans l'inconscience.

La clarté du jour m'éveilla.

J'étais dans un lit. Celui de l'appartement

de la TGB. Me redressant d'un bond, je fis tomber le livre sur lequel je m'étais endormie, la veille au soir : *Le Grand Meaulnes*.

Je le ramassai et l'ouvris aux premières pages. Elles étaient blanches.

7

Les confidences d'Emma

Alors que j'achevais de m'habiller, je réprimai un geste d'effroi en apercevant une silhouette face à moi.

« Pardonnez-moi, Allis. J'ai frappé, mais bien sûr vous n'entendiez pas. »

C'était Emma. Elle aperçut mon sac près de la porte.

« Déjà prête ? Très bien. Je suis venue pour... pour vous donner les dernières instructions. Voici vos nouveaux papiers d'identité. »

Elle posa un vieux portefeuille sur le bureau.

« Vous allez quitter la TGB par une entrée

de service. Désormais, vous serez livrée à vous-même, Allis. Je vous ai apporté ce plan de la banlieue nord avec, surlignées en rouge, les zones où le virus semble avoir fait ses premières apparitions. Et de l'argent : vous en aurez besoin. »

Elle me saisit aux épaules. Elle tremblait. Son regard était humide.

« Cette mission est dangereuse, Allis. Écrivez-moi chaque jour. N'oubliez pas : *chaque jour*. Ainsi, je serai rassurée et je suivrai la progression de votre enquête. Et puis je voulais aussi vous soumettre un... un problème plus personnel. »

Je devinai que c'était là le véritable objet de sa visite. Mais Emma ne pouvait se décider à poursuivre. J'écrivis :

« *Dites-moi tout, Emma. Je suis capable d'entendre beaucoup de choses.* »

Encouragée, elle releva la tête et m'adressa un sourire douloureux.

« *C'est à propos de votre fils, n'est-ce pas? Lund? S'appelle-t-il ainsi dans la réalité?*

— Comment avez-vous deviné?... » bredouilla-t-elle, stupéfaite.

Ce n'était pas très difficile. Elle soupira longuement.

« L'histoire du *Fils disparu* est vraie, Allis. Oui : mon fils Lund avait quatorze ans quand il est parti. Je ne l'ai jamais revu. Je suppose qu'il a rejoint les rangs des Zappeurs. C'était pour lui le seul moyen de se révolter, de se libérer d'une mère tyrannique... »

Je voulus intervenir en écrivant sur mon calepin. Elle m'en dissuada :

« Ne me cherchez pas d'excuses, Allis. Voyez-vous, j'ai eu de longues années pour analyser tout cela. À l'époque, j'étais intransigeante. J'élevais Lund toute seule, j'essayais d'avoir sur lui l'autorité d'un père. Il refusait de lire, ne se passionnait que pour les jeux vidéo virtuels ; et pour moi, une écrivaine, c'était la pire des humiliations. Quand je pense à notre dernière dispute, alors qu'il était déjà si malade... quand je songe que je n'ai rien fait pour qu'il guérisse... »

Elle se jeta dans mes bras et éclata en sanglots. J'étais désemparée devant ce désespoir. Je griffonnai sur mon calepin :

« *Je vous comprends, Emma. Je veux vous aider. Mais comment ?* »

Elle releva la tête, essuya ses larmes, se moucha.

« Vous allez côtoyer des Zappeurs, Allis.

Peut-être entendrez-vous parler de Lund. Oh, si vous pouviez le retrouver, le voir, lui dire... »

Lui *dire*? Je soupirai à mon tour. Lund était peut-être loin, très loin d'ici – qui sait? – aux U.S.A. ou en Russie, au paradis des Zappeurs!

« Voici une lettre pour lui. Si vous aviez l'occasion de le voir, Allis, dites-lui que je regrette mon attitude passée. Que pour me réconcilier avec lui, je suis prête à démissionner de l'Académie, à ne plus écrire, à... »

Elle s'interrompit pour sangloter à nouveau. Je pris la lettre sur laquelle elle avait simplement noté, au recto : « LUND », et au verso : « EMMA ». Je la rangeai dans mon sac.

« *Je ferai tout ce que je pourrai, Emma. Je vous le promets.* »

Elle se leva. Elle semblait s'être ressaisie.

« Merci, Allis. Mais ma requête ne devra jamais gêner ou retarder votre mission. Venez, à présent. »

L'ascenseur nous conduisit au sous-sol. Emma ouvrit une lourde porte métallique qui donnait sur la rue.

« Je vous souhaite bonne chance, Allis. Je

suis triste que vous partiez. Nous nous connaissons à peine, et pourtant… »

Je la pris dans mes bras. Emma ne ressemblait en rien à ma mère. Mais à ce moment-là, je crois que j'aurais aimé être sa fille.

8

Rencontre avec un Homme-Écran

Il faisait beau. De nombreux passants déambulaient avec insouciance. Ignoraient-ils que les livres étaient en train de mourir ?

Je n'avais pas déjeuné ; j'entrai dans une boulangerie pour acheter des croissants. La commerçante, assise, était absorbée dans la lecture d'*Eugénie Grandet*. Je me penchai sur son épaule. Les pages du livre étaient vierges. Elle en tourna machinalement une, le regard perdu. Ainsi, cette femme était ailleurs ! Ailleurs dans l'espace et le temps, quelque part dans *La Comédie humaine*. Je me servis et déposai l'argent sur le comptoir. Puis je m'engouffrai dans la bouche de métro la plus proche.

Je montai dans la première rame et m'assis à côté d'un jeune garçon ; il lisait *Le Lion* de Joseph Kessel. Sur les pages, les caractères d'imprimerie ne disparaissaient pas une fois les phrases lues. Donc, ni l'ouvrage ni son lecteur n'avaient encore été touchés par le virus. La boulangère et ce garçon lisaient... mais *lisaient-ils de la même façon* ? La lecture virtuelle, dans les sous-sols de la TGB, m'avait impressionnée par son intensité ; elle semblait apporter un relief nouveau – mais je frémis en songeant que désormais, *le virus m'empêchait à tout jamais d'accéder à la lecture traditionnelle*. Nul doute que j'allais devoir peu à peu imaginer et réfléchir autrement. Oui : la mort des livres allait provoquer, dans notre civilisation et sur le comportement des hommes, de nombreux bouleversements. Lesquels ? Bien sûr, il était encore trop tôt pour le savoir.

Comme ma mission pouvait se prolonger, je décidai de repasser par mon appartement pour emporter des livres et quelques vêtements. En arrivant rue Lepic, j'aperçus un attroupement devant l'une des bibliothèques publiques. J'approchai. La vitrine du local avait été brisée. De nombreux ouvrages jonchaient le sol. La plupart des rayonnages étaient vides.

En m'apercevant, Jacky C.A. Rimbault, le bibliothécaire, se précipita vers moi. Sa barbichette poivre et sel tremblait d'indignation.

« Oh, Allis ! Vous vous rendez compte ? s'écria-t-il. Nous avons été cambriolés ! »

Jusqu'ici, les livres n'avaient guère été la cible préférée des malfaiteurs, ils étaient une denrée commune et bon marché.

« Qui aurait pu prévoir ?... Vous comprenez ce qui se passe, Allis ? »

Avec Jacky, pas besoin de répondre : nous nous connaissions depuis si longtemps ! Depuis que j'habitais le quartier, il m'avait conseillé, formé le goût, affiné mes préférences. Mon père en littérature, c'était lui.

« Ils ont pris tous les Jules Verne ! Et le rayon science-fiction... dévalisé ! »

Il ramassait les ouvrages, défroissait les pages, redressait les couvertures maltraitées.

« Ils n'ont laissé que les dictionnaires, les encyclopédies et quelques documentaires... Ah, quel malheur ! »

Un volume ouvert, à terre, attira mon

attention. C'était un manuel de la littérature du XIXe siècle. Les commentaires sur les auteurs y figuraient toujours ; mais les extraits des romans de Balzac, Stendhal ou Zola étaient devenus de grands rectangles blancs.

« Oh, avec ce drame, s'exclama soudain Jacky, j'ai oublié de vous féliciter ! »

Il me serra les mains avec chaleur et me désigna, sur le coin de son bureau, les gros titres du JOEL : « *DES LIVRES ET NOUS* PLÉBISCITÉ PAR L'ACADÉMIE. »

Plus loin, un autre quotidien annonçait : « ALLIS L.C. WONDER DEVIENT LA QUARANTIÈME VOYELLE ! »

Je m'éclipsai, me frayant un passage parmi les badauds. Arrivée dans mon appartement, je mis dans mon sac le manuscrit ébauché de mon prochain roman, même si je doutai d'avoir l'occasion d'y travailler. Quels livres emporter ? J'hésitais. Bon : Kafka, Blaise Cendrars, Bradbury. Et, bien sûr, *Le Fils disparu*.

J'examinai le plan que m'avait confié Emma. Les zones surlignées en rouge comprenaient le centre d'Épinay, une partie de Saint-Ouen et presque tout Saint-Denis. On eût dit que le virus était né au bord de la Seine pour se disséminer alentour.

J'allai à pied à la gare du Nord, décidée à commencer mes investigations par Saint-Denis.

Le train que j'empruntai était presque vide. Seuls, quelques jeunes gens occupaient ma voiture. Ils commentaient le film qu'ils avaient vu la veille, sans doute dans un local clandestin. L'un d'eux était un Homme-Écran. Je l'observai, fascinée : c'était la première fois que j'en voyais un d'aussi près.

Ses yeux, je le savais, n'étaient plus que des caméras stéréoscopiques et ses oreilles des micros ultra-sensibles. Sa voix, artificielle, était reliée à un puissant ordinateur miniature – un BCBG – implanté à l'intérieur de son cerveau. Sur sa poitrine avait été incrusté un écran à cristaux liquides, sur lequel défilait actuellement un programme aléatoire de clips vidéo. Les Hommes-Écrans vivaient dans leur monde : branchés en permanence sur leur ordinateur interne, ils n'avaient qu'à puiser parmi les milliers de programmes et de logiciels dont avait été gavée leur mémoire. Ils ne communiquaient plus guère avec le monde extérieur.

Bien sûr, la loi interdisait ces mutilations volontaires. Depuis des années, Céline tentait de convaincre les Voyelles de voter un décret pour que les Hommes-Écrans soient condamnés. En fait, ils ne constituaient pas un danger : ils étaient déjà prisonniers d'eux-mêmes.

L'un des garçons, dont chaque oreille était tatouée d'un Z, me dévisageait avec insistance. Aussi, c'était ma faute : je fixais attentivement leurs lèvres pour suivre leurs conversations. Opération difficile, car ces jeunes gens parlaient vite.

Je baissai la tête. Sans le voir, je devinai que le garçon aux oreilles tatouées s'était levé. Soudain, saisie d'une idée un peu folle, j'écrivis sur mon calepin : « *Je voudrais devenir une Femme-Écran.* »

Provocation? Peut-être. Mais c'était là le moyen le plus rapide de gagner la ZZZ. Et d'approcher le maître des Zappeurs.

Une main me souleva le menton.

« ... pas répondre? » devinai-je.

Celui qui me faisait face portait un polo décoré avec un personnage de B.D. J'arrachai la page et la lui tendis. Il la déchiffra en fronçant les sourcils. Je le vis grommeler comme pour lui-même :

« Qu'est-ce que c'est que cette histoire? »

Je lui montrai le dos de mon calepin où était noté en majuscules : « JE SUIS SOURDE-MUETTE. »

« C'est une blague? »

Il héla ses cinq ou six copains restés en retrait :

« Eh, venez voir! »

Ils s'approchèrent et m'entourèrent, plutôt méfiants.

« C'est vrai, ce mensonge?

— Faut pas nous la faire!

— Comment tu t'appelles?

— Vraiment, tu peux rien dire?

— Dites, les gars, si on la présentait à Sonn?

— Tu veux rire! Elle est trop jolie.

— C'est vrai : il pourrait même pas apprécier. »

L'Homme-Écran me désigna son thorax, sur lequel s'inscrivait :

« *Une Femme-Écran? Original! Tu serais sûrement la première.*

— Chiche! » dit le garçon aux oreilles tatouées.

Il me saisit la main. Et s'ils disaient vrai? S'ils connaissaient Sonn? Oui... mais s'ils me transformaient en Femme-Écran, je paierais très cher ma mission.

« À mon avis, laisse tomber : ce serait dommage de te faire charcuter, remarqua mon premier interlocuteur.

— Eh, tu dis plus rien ? demanda un autre.

— Pourtant, on aimerait bien causer… », ajouta un troisième.

Soudain, ils sursautèrent tous d'un coup. Puis éclatèrent de rire. Je me retournai. L'un d'eux, hilare, tenait un gros sac en papier qu'il venait de gonfler et de faire crever entre ses mains.

« Authentique, les gars : elle a pas réagi ! »

Leur expression se modifia aussitôt en une sorte de compassion stupéfaite. Le premier à se ressaisir tendit la main vers mon sac, qu'il ouvrit. Les autres s'interposèrent :

« Pas question de la bousculer !

— Oh, les gars, je lui ferai rien, à cette nana. Je veux vérifier que c'est pas une espionne des Lettrés… »

Il négligea mon portefeuille, écarta mes vêtements entassés. Les autres m'observaient, presque gênés par l'indiscrétion de leur camarade.

« Eh, vous avez-vu ce qu'elle nous cachait ? »

Le garçon aux oreilles tatouées saisit

plusieurs livres, souleva l'un d'eux et, dans une grimace, l'éloigna de son visage.

« Pouah : délivrez-nous des livres ! »

Tout à coup, l'Homme-Écran afficha en lettres clignotantes :

« DISPERSION IMMÉDIATE ! »

Je me retrouvai aussitôt libre. À l'entrée du compartiment, six Gardiens de l'Ordre avaient surgi, précédés d'un chien-robot. Entre-temps, les garçons s'étaient éparpillés et scindés en trois groupes. Les G.O. vinrent leur réclamer leurs papiers. Je me rendis compte que le ton montait :

« Quoi ? Il est valable, mon billet, non ?

— C'est votre PPP que je vous demande, jeune homme.

— Mon PPP ? D'après vous, j'ai une tête à l'avoir ? »

Plus loin, un autre G.O. accusait deux Zappeurs de délit de conversation.

« Hein ? Avec qui ? Eux, là-bas ? Connais pas !

— Faux : nous vous avons vus ensemble. Vous parliez avec cette jeune fille. Votre PPP, s'il vous plaît.

— Et toi, flic, tu parles pas avec tes copains ? Et ton PPP, tu l'as ?

— Quoi? Tu es en infraction et en plus, tu nous insultes? »

Le G.O. effleura le bouton de sa télécommande; aussitôt, le chien-robot emprisonna la jambe du garçon dans sa gueule, si fort que l'autre poussa un cri.

Moi aussi, j'étais bonne pour une amende : j'avais été prise en flagrant délit et je n'avais pas de PPP, bien entendu. Un G.O. s'approcha de moi. Je lui tendis mon billet et mon calepin retourné. L'homme s'y reprit à deux fois pour lire ce qui y était écrit.

La rame venait de s'arrêter à la station Saint-Denis. Deux Gardiens de l'Ordre avaient encadré les jeunes gens et les obligeaient à descendre. Je fis signe que je désirais sortir, moi aussi. Le temps que mon interlocuteur comprenne, et le train était déjà reparti.

Les autres G.O. vinrent rejoindre leur collègue. Je voulus me lever mais ils m'obligèrent rudement à me rasseoir.

« Sourde et muette? dit l'un d'eux, sceptique. Mais alors vous ne comprenez rien à ce qu'on vous dit? »

Je lui fis signe que je lisais sur ses lèvres. Je tendis mon billet et, affolée, je désignai la station que nous venions de quitter.

« Aucune importance ! Vous n'êtes pas bien, ici ? »

Les G.O. s'assirent près de moi sur les banquettes. Ils se mirent à parler entre eux, dos tourné. Impossible de comprendre ce qu'ils disaient. Enfin, l'un d'eux me dévisagea avec une insistance trop appuyée.

« Au moins, avec nous, vous êtes en sécurité, pas vrai ? »

Ses camarades se mirent à rire. En réalité, je me sentais beaucoup moins à l'aise qu'avec les jeunes Zappeurs.

On arriva à Épinay-Villetaneuse et des voyageurs montèrent. Soulagée, je me levai résolument pour descendre. Comme à regret, les G.O. me rendirent mon sac.

Le train repartit.

Restée seule sur le quai, je songeai que je n'avais aucune envie de revenir sur mes pas. Je pouvais très bien commencer mes investigations par Épinay-sur-Seine…

9

Allis au pays des Zappeurs

Les rues du quartier de la gare étaient désertes.

En longeant le rez-de-chaussée d'un immeuble, j'aperçus la lueur d'un écran de télévision allumé. Plus loin, je vis même un adulte coiffé d'un casque de réalité virtuelle, aussi isolé du monde que peut l'être un sous-marin.

Vers midi, j'entrai dans un hôtel-restaurant animé. Tous les clients semblaient se connaître. Ici régnait un esprit de tolérance auquel je n'étais pas habituée. J'attendis longtemps au comptoir. Enfin, la patronne s'aperçut que je n'étais pas servie. Quand elle déchiffra mon carnet, son sourire s'évanouit.

« Une chambre? Pour vous? Et vous êtes seule? »

J'approuvai. Méfiante, elle me dévisagea, articula comme à regret :

« Bon. Il faut payer d'avance. Voyons... Ah oui : la 17. »

La chambre 17 était loin de posséder les cent ouvrages réglementaires : sur les rayonnages, il ne restait plus qu'une vieille Bible dont la moitié des pages avaient été arrachées.

Je revins dans le couloir et j'entrouvris la porte d'une autre chambre. Là, il y avait un téléviseur. Et même un ordinateur! Soudain, une main me fit pivoter. C'était mon hôtesse. Elle me déclara dans une grimace :

« C'est légal! D'ailleurs, ce matériel ne m'appartient pas : ce sont les clients qui l'ont apporté. »

Puis, me désignant ma propre chambre :

« Les livres, on me les a volés la semaine dernière. Et puis je vous préviens : si c'est pour un contrôle... »

Je la rassurai en haussant les épaules et je

lui fis comprendre que je voulais manger. Dans la salle du restaurant, deux grandes tables étaient occupées par des groupes qui discutaient joyeusement. Malgré ma surdité, la chaleur des conversations et l'euphorie ambiante parvenaient jusqu'à moi. Comme ce monde était différent de celui de la capitale ! Peu à peu, je devinais que Paris était devenu le fief des Lettrés – une oasis factice et déconnectée de la réalité...

Je m'assis à l'une des nombreuses tables à deux places ; réservées aux clients qui ne possédaient pas de PPP, elles étaient toutes vides.

Très vite, je compris que je faisais fausse route : en fréquentant ce genre d'établissements, je ne glanerais aucun renseignement sur le virus. Aussitôt mon repas achevé, je montai dans ma chambre. Je troquai ma jupe et mon pull léger pour un vieil ensemble de sport. J'ébouriffai mes cheveux pour me donner une allure de S.D.F.

Une fois sortie de l'hôtel-restaurant, je présentai au premier passant venu une feuille sur laquelle j'avais inscrit :

« *Pouvez-vous m'indiquer le centre CCC le plus proche ?*

— Bien sûr. C'est à côté de la mairie. Oh, attendez, ma petite... »

Il me donna une pièce. Même si c'était bon signe, j'en fus très humiliée.

Le centre CCC d'Épinay avait été construit dans un parc qui bordait la Seine. Avec ses salles communes, ses douches et ses petites chambres individuelles, il ressemblait un peu à un centre de vacances. L'employé de l'accueil était un jeune *black*. Il m'adressa un sourire éclatant.

« Salut ! Je m'appelle Rémi S.F. Malot. Et toi ? »

Je me troublai : j'ignorais ma nouvelle identité. Je montrai à Rémi le dos de mon carnet.

« Sourde et muette ? Et sans logis ? Tu as tes papiers, au moins ? »

Je retrouvai dans mon sac le portefeuille que m'avait confié Emma.

« Claudine C.W. Sido. Bienvenue, Claudine ! Tu as mangé ? Bon, viens, je vais te montrer ta piaule. Tu ne peux pas rester plus de trois jours ici, c'est le règlement. Tes papiers ? Je ne pourrai te les rendre qu'à ton départ. »

Je connaissais la loi : chaque commune devait mettre à la disposition des S.D.F. et autres vagabonds un centre d'accueil où ils trouveraient le Couvert, la Culture, le Coucher. Ces locaux étaient souvent sommaires ; mais ils constituaient, pour les inactifs ou les déshérités, l'assurance de ne jamais mourir de froid ni de faim. Beaucoup subsistaient ainsi, allant d'un centre CCC à l'autre. La création de ces centres d'accueil m'avait toujours semblé une mesure salutaire.

Ma chambre était un petit local séparé des autres par une mince cloison. On n'y trouvait qu'un lit, une armoire, une chaise et une table. J'y laissai mon sac et redescendis dans la salle commune, déserte.

Rémi, qui m'observait, me dit :

« C'est à l'heure de la soupe que ça commence à se remplir. »

Je désignai les rayonnages vides où traînaient les derniers JOEL.

« Les bouquins ? Disparus ! Voilà trois jours qu'on les a fauchés. Ah, depuis l'apparition du virus, les livres ont beaucoup de succès ! »

Il rit. Je sortis mon calepin et écrivis :

« *D'après toi, d'où il vient, ce virus ?*

— Comment tu veux que je le sache ? C'est un coup des Zappeurs, ça, c'est sûr ! »

Il me considéra avec une expression bizarre ;

ce n'était pas encore de la méfiance, mais l'invitation à ne pas accumuler les maladresses.

« Dis, Claudine, me demanda-t-il soudain, à propos du virus, tu n'aurais pas un bouquin dans tes bagages ? »

Que répondre ? Pour gagner du temps, je fis semblant d'avoir mal compris et je lui tendis mon carnet. Il le prit, réfléchit en mordillant son stylo, renonça.

« Laisse tomber ! C'est trop difficile de discuter avec toi... »

Je m'éloignai. Du couloir, je l'aperçus de dos. Il s'était assis et manipulait la télécommande d'un téléviseur portatif dissimulé sous le comptoir.

Découragée, je revins dans ma chambre. Que faire ? Par où commencer ? J'arrachai une page de mon carnet et j'y inscrivis :

« *Découvrir : qui a inventé le virus L.I.V. 3 ;*
où il a été mis au point ;
s'il existe un antidote. »

Puis je sortis le manuscrit de mon roman en cours : après tout, rien ne m'empêchait de continuer à le rédiger ! J'ouvris le cahier et, stylo en main, je commençai à me relire...

Au bout d'un moment, je relevai brusquement la tête : entraînée par l'action, je m'étais retrouvée dans l'univers de mon propre livre, prisonnière d'un étrange rêve éveillé.

Plus grave : devant moi, sur la table, mon manuscrit était vierge. Tout ce que j'avais rédigé depuis le début du mois venait de s'effacer ! Ainsi, mon texte avait disparu... Des heures et des jours d'efforts venaient d'être réduits à néant ! Uniquement *parce que je venais de me relire.*

Je me replongeai dans les premières pages blanches. Aussitôt, je ressentis le léger vertige qui accompagnait l'action du virus ; et je me retrouvai dans l'univers de mon histoire.

Paniquée, je refermai mon cahier. Bon, mon récit existait toujours... virtuellement. Et en un seul exemplaire. Désormais, il devenait impossible de le reproduire et de l'imprimer, puisque *le texte original s'effaçait dès qu'on le lisait !*

Troublée, je rouvris mon manuscrit à l'endroit où je m'étais arrêtée. Puis je me remis à écrire.

D'abord, je fus rassurée : les mots s'inscrivaient au fil de ma plume... Et soudain, je sursautai : sans m'en apercevoir, je venais une nouvelle fois d'entrer dans l'univers de mon propre texte. Combien de temps y étais-je restée ? Je l'ignorais.

Le paragraphe que je venais d'écrire n'existait déjà plus.

Là, dans la petite pièce de ce centre CCC, je pris conscience de l'ampleur du désastre : non seulement tous les livres qui existaient allaient mourir, mais *personne ne pourrait plus jamais en écrire*.

10

Le rendez-vous de vingt heures

Je rejoignis le hall ; là, je rédigeai une lettre que j'enverrais le lendemain à Emma, comme promis. Mais je n'avais rien à lui relater.

Les résidents commencèrent à arriver après dix-neuf heures. Parmi eux, peu de femmes ; beaucoup d'hommes entre deux âges, minés par l'inaction ou la dépression.

La plupart venaient jusqu'à moi, se présentaient, me disaient un mot gentil, puis allaient s'asseoir sur les sièges en formant des petits groupes. J'avais le cœur serré : combien de Voyelles, avant moi, étaient venues passer ne serait-ce qu'une heure dans un CCC ? Combien prenaient le métro et se mêlaient à la population pour mieux en comprendre les problèmes ? De plus en plus, ces centres d'accueil m'apparaissaient comme un pis-aller. Oui : une charité accordée aux illettrés et aux laissés-pour-compte d'un système en faillite.

Un grand gaillard efflanqué lança en direction du comptoir :

« Eh, Rémi ! s'il n'y a plus de livres, on pourrait peut-être avoir la télé ?

— Désolé. Pas de télé dans les CCC.

— Ouais, se rebiffa quelqu'un d'autre. Mais si les bouquins disparaissent, faudrait revoir la question, non ? »

Les livres, il n'y en aurait plus. Plus d'autres que ceux qui étaient en circulation. Voilà ce qui les rendait précieux, désormais.

« C'est vrai, ça manque de distraction !

— Venez manger, dit Rémi. Ça vous occupera. »

D'autorité, les petites tables furent rassemblées et des groupes de dix ou douze se formèrent. Rémi protesta pour la forme.

Je regardai machinalement ma montre. Il était huit heures moins le quart. Mondaye allait bientôt se brancher. Et moi, Allis, j'allais manquer le rendez-vous avec ma seule, ma meilleure amie? Impossible!

J'abandonnai la salle à manger et courus jusqu'au vestibule.

Je m'approchai du comptoir, me penchai : j'aperçus le téléviseur portatif de Rémi… et un téléphone! Une main vigoureuse m'agrippa.

« Qu'est-ce que tu fais là? Tu es venue fouiner, hein? »

Rémi ne semblait plus du tout amical, à présent. J'écrivis :

« *Il me faut un ordinateur. Et un émulateur.*

— Tu plaisantes? Pourquoi pas du caviar et un lit à baldaquin?

— *Rémi, JE DOIS me brancher sur le web.*

— Tu oublies que tu es dans un CCC, Claudine!

— *Tu as sûrement tout ça. Une amie m'attend à huit heures sur le web. S'il te plaît, Rémi.* »

Je vis bien qu'il hésitait et je lui pris la main. Il fit semblant de se fâcher :

« Écoute, Claudine, je ne sais pas de quoi tu parles… »

Il mentait. Ne pas entendre ce que les gens disent, c'est très utile : leurs regards, eux, ne mentent pas. J'étais sûre que Rémi connaissait le web. Je lui fis signe de m'attendre et je courus jusqu'à ma chambre.

Un livre, bon. Mais lequel? Non, pas *La Métamorphose* de Kafka. Plutôt du Bradbury : oui, *Les Chroniques martiennes*! C'était un crève-cœur de m'en séparer, mais il me resterait *Fahrenheit 451*...

Rémi était revenu dans la salle à manger. J'allai le tirer par la manche. Il semblait déjà moins rétif que tout à l'heure.

« Fiche-moi la paix, Claudine! Tu es gentille mais... Écoute, je ne sais même pas qui tu es. Eh, quelle tête de mule! »

Je l'entraînai jusqu'au comptoir et y posai le bouquin. C'était une édition historique, épaisse, reliée, avec une jaquette en couleur. Les yeux de Rémi brillèrent :

« Ouaah. Ça, c'est une super-idée! Je te le rends demain. Juré. »

Je notai en hâte :

« *Je dois me brancher tout de suite.* »

Il eut un regard en biais vers la salle à manger.

« Bon. Viens! »

Il sortit. Je le suivis dans le parc. Rémi contourna la mairie et ouvrit le cadenas qui condamnait une vieille porte rouillée.

« Ce sont les archives. Personne n'y vient jamais. Là, j'ai mon petit bureau particulier. Je te laisse. En sortant, tu refermes le cadenas, O.K. ? »

J'approuvai. J'étais ravie.

Au milieu d'immenses cartons où étaient rangés les vieux plans cadastraux, Rémi avait installé un téléviseur, de nombreux lecteurs de cassettes et de CD ROM – ainsi qu'un ordinateur BCBG presque neuf.

Fébrile, je m'installai face au clavier.

Il était vingt heures deux quand apparut sur l'écran la ligne familière : « SAL PART CODE ? »

Je tapai « F 4 5 1 », le code de notre salon particulier. Mondaye était déjà là. Je m'excusai :

ALLIS : Ce soir, c'est moi qui suis en retard !

MONDAYE : Pas grave. J'étais en train de discuter avec mon ami Vendredi. Je t'aurais laissé un msg en BAL. Quoi de neuf ? Tu t'es déconnectée en ktastrof, hier !

ALLIS : Il me faudrait la nuit pour tout t'expliquer en détail ! Je résume : trois Voyelles sont venues me chercher. Nous sommes partis à la TGB. J'ai participé à une cession nocturne extraordinaire...

Soudain, je laissai mes doigts en suspens

sur le clavier. Non, je ne pouvais pas mettre ma correspondante au courant de ma mission ! Pourtant, j'étais en veine de confidences. Et puis Mondaye pouvait m'être utile... Je me lançai :

ALLIS : Connais-tu le virus L.I.V. 3 ?

Il y eut un temps de silence. Puis :

MONDAYE : Oui.

ALLIS : C'est la grande préoccupation des Voyelles. La situation est grave, Mondaye. Pourquoi ne m'as-tu jamais parlé de ce virus ?

MONDAYE : Parce que tu ne m'as jamais posé la question. Les livres, ce n'est pas mon truc, Allis, tu sais bien. Alors les Voyelles s'affolent ? J'aurais donné cher pour être avec toi, hier soir !

ALLIS : Attends. Tu ne sembles pas mesurer les conséquences du virus. *Les livres meurent*, Mondaye !

MONDAYE : Non. Ils se transforment. C'est différent. Ils deviennent de véritables mondes enfin accessibles à tous. Il n'y a pas de quoi pleurer.

ALLIS : Tu n'as pas compris que moi aussi, je vais mourir, Mondaye ?

L'écran mit un long temps avant que s'inscrive :

MONDAYE : Mourir? Je ne cprds pas.

ALLIS : Tout ce que j'écris disparaît. À peine rédigées, mes phrases s'évanouissent.

Je faiilis ajouter : ***Le virus L.I.V. 3 me rend muette une seconde fois.***

La réponse de Mondaye tardait à s'inscrire. Elle serait sûrement très longue. Ce fut seulement :

MONDAYE : Sorry.

Désolée? Pourquoi Mondaye jugeait-elle utile de s'excuser?

ALLIS : Mondaye, ce virus : tu le connais depuis quand?

MONDAYE : Tu n'as pas d'autre sujet de conversation, ce soir?

ALLIS : Réponds-moi, Mondaye : quand as-tu effectué une première *lecture virtuelle*?

MONDAYE : Jamais. Je te le répète, Allis : les livres, ce n'est pas mon truc. N'insiste pas.

Je ne comprenais plus. Que Mondaye ne lise pas, je le savais déjà. Mais qu'elle devienne soudain si distante, si sèche…

ALLIS : Pardonne-moi. Je pensais que tu pourrais m'aider. On m'a confié une mission. Je me sens très seule. Désemparée.

MONDAYE : Quelle mission?

J'hésitai. Mais Mondaye pourrait sûrement

glaner des renseignements pour moi. Elle avait tant d'amis sur le web!

ALLIS : Découvrir les ZZ qui ont mis le virus au point. Retrouver Sonn.

Il y eut un très long silence. Je crus distinguer une ombre derrière moi. Je me retournai – juste à temps pour apercevoir la porte du local se fermer. Je ne me sentis plus du tout en sécurité. Je regardai l'écran, sur lequel s'inscrivait :

MONDAYE : C'est bien ce que je craignais. Nous n'allons plus pouvoir communiquer, Allis.

J'étais stupéfaite. Pire : épouvantée.

ALLIS : NON! Mondaye, je t'en supplie!

MONDAYE : Tu n'étais pas une Lettrée comme les autres. Je me suis attachée à toi. Beaucoup. Trop. Maintenant, tu es devenue une Voyelle, Allis. Tout nous sépare.

ALLIS : Je ne suis pas ton ennemie! Je ne le serai jamais. Je ne te reparlerai plus jamais du virus. Ni des Zappeurs. Ni des livres. Oh, Mondaye, continue de te brancher chaque soir!

MONDAYE : C'est devenu impossible.

ALLIS : Mais POURQUOI?

MONDAYE : Pour des raisons que je ne peux pas t'expliquer.

ALLIS : Tu ne *peux* pas ? Quelqu'un t'en empêche ?

MONDAYE : Non. Personne. Je ne *veux* pas t'expliquer. Tout est ma faute. J'ai eu tort depuis le début. Il faut que je te quitte. Adieu, Allis.

ALLIS : Mondaye, NE ME QUITTE PAS.

MONDAYE : Je t'ai beaucoup aimée. Je suis plus triste que toi, Allis. Je t'embrasse.

ALLIS : MONDAYE !

Sur l'écran, son nom disparut.

Longtemps, je restai face à l'ordinateur. Je ne pouvais contenir mes larmes : au moment où j'avais le plus besoin de Mondaye, elle décidait de cesser nos connexions quotidiennes. Après un an d'échanges, de complicité, de dialogues passionnés ! Comment cela avait-il pu arriver ? Et pourquoi justement ce soir ?

J'avais été stupide, maladroite, trop pressée. Que m'importait d'accomplir ma mission, si je perdais Mondaye ?

Je quittai le local, refermai le cadenas, rejoignis le CCC dans la nuit tombante. Je traversai le hall en ignorant les petits groupes qui m'adressaient des signes amicaux.

Dans le couloir, j'aperçus Rémi qui essayait

d'ouvrir ma porte. Il sursauta à mon approche, se troubla :

« Ah, Claudine ! Je croyais que tu étais rentrée... Comment peux-tu entendre si on frappe ? »

J'écrivis :

« *Aucune importance. Je n'attends aucune visite.* »

Il eut une moue de déception. Une fois entrée dans ma chambre, je mis le verrou. J'examinai la pièce. Mes livres étaient bien là. Mais ils n'y resteraient pas longtemps si je m'absentais encore. Je décidai de découdre la doublure de mon sac pour fabriquer un double fond. J'y glissai tous mes ouvrages – sauf un. Celui que je lirais ce soir. Ou plutôt que je relirais : *Le Fils disparu*. C'était le meilleur moyen d'oublier ma dispute avec Mondaye.

D'ailleurs, il était neuf heures : *l'Heure du Livre*.

Je me couchai, feuilletai l'ouvrage imprimé. Je choisis le chapitre du départ de Lund. En quelques secondes, malgré moi, le virus me transporta dans l'histoire...

J'étais dans une salle de séjour. Une dispute avait lieu, là aussi :

« Eh bien pars, Lund ! »

Je reconnus aussitôt Emma. Elle semblait très jeune ; son visage était déformé par la colère. Elle releva ses cheveux, qui étaient libres, décoiffés, et ajouta :

« Va rejoindre tes amis Zappeurs ! Tu crois qu'ils pourront te guérir ? Tu te trompes !

— Pourquoi ne m'as-tu pas fait soigner ? » dit Lund.

Mon cœur se mit à battre plus fort. Lund était là, tel que je me l'étais toujours imaginé, avec son regard d'un bleu très clair, presque transparent. Tomber amoureuse d'un personnage de roman, cela peut paraître ridicule. Mais l'avoir soudain face à soi, pouvoir le toucher, dialoguer avec lui... c'était trop beau pour être vrai ! Il grommela :

« Je regrette de ne pas avoir été le fils que tu aurais voulu. »

J'avançai vers Lund, murmurai :

« Lund ! Laisse-moi t'aider. »

Il eut vers moi un regard indifférent, lointain.

« Personne ne peut m'aider. Surtout pas une amie de ma mère – une Lettrée ! »

Le ton était plein de mépris. Lund sortit en claquant la porte.

Je refermai le livre. La chambre me parut une prison.

Ma respiration était courte, haletante. Plusieurs questions se bousculaient dans mon esprit… Que se passerait-il si je suivais Lund dans sa fuite? Réussirais-je à le convaincre? *À modifier la suite du récit?*

Je faillis reprendre ma lecture et renonçai : je courais après une chimère : que voulais-je faire? Ne pas quitter Lund? Vivre avec lui? Mais dans quel univers? Un monde virtuel, éphémère et factice!

D'ailleurs, c'était absurde : à chaque nouvelle lecture, le personnage de Lund devrait refaire ma connaissance. Certes, je pourrais changer le cours de cette histoire; mais une fois mon livre refermé, tout reprendrait sa place. Et tout serait à recommencer.

Lund était le « fils disparu ». Je ne le ferais pas réapparaître ni revenir. D'ailleurs, comment agir sur des personnages au caractère si entier?

Je revins à ma triste réalité : j'étais seule, sourde, muette.

Emmurée.

Ce virus était pire qu'une drogue.

Je jetai mon livre à terre et je sombrai dans un sommeil comateux.

11

Prisonnière des Zappeurs !

Je fus arrachée de mon lit. En une seconde, je compris : ma porte venait d'être enfoncée. Quatre ou cinq Zappeurs étaient là, dans ma chambre. Je reconnus aussitôt ceux qui m'avaient abordée dans le train : le garçon aux oreilles tatouées et l'Homme-Écran, son compère.

Sur le seuil, Rémi se débattait, ceinturé par deux individus inconnus.

« Vous n'avez pas le droit ! Claudine, pars, VA-T'EN ! »

On tira les draps. Je roulai à terre. Deux

mains fermes me relevèrent. On me mit sous le nez l'une des feuilles de mon calepin, celle que j'avais abandonnée la veille sur ma table et où était inscrit :

« *Découvrir : qui a inventé le virus L.I.V. 3;*
où il a été mis au point;
s'il existe un antidote. »

« Ça tombe bien, dis donc !

— Ouais. On va répondre à toutes tes questions !

— Oh, pas nous : mais quelqu'un qui brûle d'envie de te voir.

— Enfin, c'est une façon de parler... »

Je les vis éclater de rire.

« Tu permets ? Pour le voyage, l'emballage est obligatoire. »

Ils me roulèrent dans le drap, me ficelèrent comme un vulgaire paquet. Je me sentis happée, puis installée sur des épaules vigoureuses. J'avais la respiration coupée. À travers le tissu qui me recouvrait le visage, je ne pouvais qu'entrevoir un peu de clarté.

Ma peur s'était évanouie. Après tout, j'avais ce que je désirais.

Au bout d'une minute, la lueur du soleil filtra sous mon drap. Je sus que nous avions rejoint l'extérieur.

On me fit asseoir sur le siège d'un véhicule : une vieille voiture à moteur, à en juger par les trépidations et les cahots. Machinalement, j'essayai de calculer le temps du trajet. Mais je fus bientôt frappée par le fait que j'étais souvent déportée vers la droite, preuve que le véhicule tournait en sens inverse. Dès lors, je comptai les virages. Ils revenaient à un rythme régulier : cinq virages à gauche – dont le dernier très serré – puis un virage à droite. Le véhicule effectua six ou sept fois ce manège. Oui, un vrai manège : je compris que nous tournions en rond !

Puis je manquai basculer en avant : la voiture descendait une pente rude, tournait, tournait sans cesse... Elle s'arrêta enfin. Nous n'avions sans doute pas quitté le quartier de la mairie et à mon avis, nous étions dans un parking souterrain. Je fus hissée à nouveau sur une épaule, ballottée sur une centaine de mètres. Mes talons nus frottèrent une surface rugueuse – de la pierre ou du ciment brut – puis je sentis mes orteils heurter brièvement une paroi froide, sûrement du métal. Enfin, on me déposa sur un siège pivotant. Le drap qui me recouvrait la tête fut déchiré...

Et je vis.

Je me trouvais dans un hall immense et bas de plafond, noyé par la lumière des néons. Çà et là, des parois de verre dépoli limitaient, à hauteur d'épaule, des dizaines d'alvéoles qui étaient autant de bureaux. Dans chacun d'eux travaillaient deux ou trois individus.

Des Zappeurs, bien entendu. Et sûrement les Zinzins, qui regroupaient les meilleurs informaticiens. Chacun d'eux faisait face à un ordinateur BCBG ou à un écran de télévision. Je devinai qu'il régnait dans ces lieux une atmosphère laborieuse et joyeuse. En tournant la tête, je vis qu'une partie des bureaux était aménagée en laboratoire : là, des techniciens avaient l'œil rivé sur des microscopes; d'autres se consacraient à de mystérieuses analyses. Plus loin, quelques ZZ portaient un casque de réalité virtuelle. Certains, plus absorbés encore, lisaient.

J'aperçus à mes côtés les deux hommes qui, pendant ma capture, avaient empêché Rémi d'intervenir. Les jeunes gens du train s'étaient éclipsés.

Soudain, on me plaça sur la tête un bonnet de caoutchouc. Plusieurs fils s'en échappaient pour aboutir à un ordinateur. Puis mon siège pivota et je fis face à un nouvel inconnu.

Faire face n'est pas l'expression convenable, car en réalité, lui me tournait le dos.

Il était blond, vêtu d'une combinaison noire sur laquelle était brodé un superbe soleil rouge sang. À ses côtés se tenait, debout, un immense Homme-Écran.

Oui : un géant, chauve, au sourire d'enfant et aux traits asiatiques; il me désigna d'une main le jeune homme assis, et de l'autre son propre thorax où s'inscrivait, sur l'écran :

« *Bienvenue dans la ZZZ, mademoiselle. Je suis Sonn. C'est bien moi que vous désiriez rencontrer?* »

12

Dans le repaire de Sonn

« *Taboul va nous servir d'intermédiaire : Taboul, c'est l'Homme-Écran chauve qui vous fait face, mademoiselle Sido.* »

Ainsi, j'étais devant le maître de la Zone des Zappeurs Zinzins ! Toujours de dos, il tendit vers le plafond, dans un geste de défi, le portefeuille qu'Emma m'avait confié.

« *Car vous êtes bien Claudine C.W. Sido, n'est-ce pas ?* »

J'aperçus Taboul qui déclarait :

« Elle se débat, Sonn.

— *On va vous détacher*, afficha l'écran de

Taboul. *Mais sachez que toute tentative de fuite serait vaine. Seuls les ZZ savent comment sortir d'ici.* »

Derrière moi, mes deux geôliers me libérèrent. Je massai mes membres endoloris, et j'agrippai mon sac posé près de mon siège. J'enfilai une veste sur mon pyjama. Il faisait frais, ce sous-sol était sûrement climatisé.

« *Que me voulez-vous, mademoiselle Sido ?* »

Je pris mon carnet de conversation et notai :

« *Si vous me regardiez en face, je lirais sur vos lèvres. Et vous pourriez voir mes réponses sur ce calepin.* »

Taboul prononça à voix haute ce que j'avais écrit. Puis il éclata de rire, froissa la feuille et, avec une habileté de basketteur confirmé, la jeta dans la corbeille la plus proche.

« *Le texte et le papier sont des moyens périmés. Nous pouvons communiquer plus aisément et plus vite. Veux-tu nous insérer deux zones de dialogues, Taboul ?* »

SONN : Merci. Oui, mademoiselle Sido : grâce à *Tangora*[1], un logiciel de reconnaissance orale intégré, tout ce que je dis s'inscrit

---

1. Tangora et les premières « prothèses mentales » (*brainactuated technology*) existent. Lire *Science & Avenir* n° 572 d'octobre 1994.

aussitôt sur la poitrine de Taboul. Je sais, ce procédé n'est pas nouveau... Mais si, en votre for intérieur, *vous énoncez clairement les phrases que vous voulez me dire,* elles s'afficheront aussi.

SIDO : Je doute que ça fonctionne !

Incrédule, je regardai l'écran où venaient de s'aligner les cinq mots que j'avais formulés intérieurement. Et je compris que le même dispositif transposait en sons, pour Sonn, les phrases ainsi transcrites.

SIDO : C'est magique !

SONN : Non. C'est scientifique. C'est même plus précisément *bionique :* ce vieux procédé a commencé à être mis au point dès la fin du XXe siècle. Bien entendu, les Lettrés en ont négligé la portée et les applications.

Je m'efforçais de me taire. C'est-à-dire de ne rien penser. Un petit écart, une inattention – et sur l'écran s'afficheraient des phrases qui révéleraient vite à Sonn mon identité véritable !

SONN : Vous souhaitiez avoir la réponse à ces questions, c'est cela ?

Sonn brandit une fiche de mon carnet. Je la reconnus : c'était celle que j'avais imprudemment laissée sur la table de ma chambre.

SONN : Vous êtes bien silencieuse. Votre curiosité va être très vite satisfaite. Vous voulez savoir *qui a inventé le virus L.I.V. 3?* C'est moi, mademoiselle. Ou plutôt c'est nous. Car le virus a été l'aboutissement de longues recherches. *Où a-t-il été mis au point?* Ici même. *Existe-t-il un antidote?* Non. Et je crains que nos meilleurs experts soient incapables d'en fabriquer un.

SIDO : Vous craignez?…

SONN : En fait, je ne le crains pas… Je m'en réjouis, bien entendu!

Fascinée, je fixais le soleil brodé sur le dos de la combinaison noire.

SIDO : Pourquoi s'obstine-t-il à me cacher son visage?

SONN : Adressez-vous à moi, quand vous pensez.

Pour éviter tout impair, je formulai avec force :

SIDO : CE VIRUS, POURQUOI L'AVEZ-VOUS MIS AU POINT?

SONN : Je pourrais vous retourner d'autres questions plus révoltantes encore : pourquoi les Lettrés méprisent-ils tant les Zappeurs? Pourquoi ont-ils supprimé l'usage des écrans? Pourquoi s'obstinent-ils à croire que la culture ne passe que par l'écrit ? Pourquoi trahissent-ils leur propre Constitution qui affirme : « *Celui qui choisit la raison pour guide* HONORERA LES SCIENCES *pour renforcer son jugement* » ?

Je décidai de cesser le dialogue. Mais sur l'écran s'inscrivit :

SIDO : Je suis tout à fait d'accord. Les choses ne sont pas aussi simples. D'ailleurs, dans mon livre…

Confuse, je stoppai le flot de mes pensées.

SONN : C'est la guerre, mademoiselle. Vos armes, ce sont les livres. Les nôtres, ce sont les techniques qui peuvent les remplacer : celles du cyberspace.

SIDO : Rien ne remplacera jamais les livres !

L'exclamation m'avait échappé.

SONN : Montre-lui, Taboul.

Le géant ne fit pas un geste. Mais son écran à cristaux liquides prit tout à coup du relief ; notre Terre s'y afficha, vue de loin dans l'espace. Puis, comme si le spectateur avait piloté un aérolithe, les mers et les continents se rapprochèrent à une vitesse vertigineuse… Tout à coup, je survolai des montagnes, des forêts, une vallée – puis une ville apparut. La caméra se faufila dans les rues. Au-dessus de ces images de synthèses aussi fidèles que la réalité, un commentaire s'inscrivit :

SONN : C'est un simple CD-ROM de géographie. Grâce à lui, vous pouvez découvrir et visiter n'importe quel endroit du globe. Tenez, où habitez-vous ? À Paris ?

SIDO : Oui. Rue Lepic.

Je m'étais laissé prendre. Diabolique ! Je devais absolument contrôler ma pensée. Sur l'écran apparut ma rue. Mon immeuble. Ma bibliothèque de quartier.

SONN : Dites-moi, quel ouvrage permet un tel voyage ? Nous pouvons pénétrer dans le corps humain, aller au cœur des atomes, explorer notre Galaxie. Quant aux jeux et à la fiction, regardez nos scénaristes...

Sonn me désigna les Zappeurs occupés près des appareils :

SONN : ... Ils réalisent des œuvres originales ici même : mais oui, sans décors, sans accessoires, sans acteurs ! Avec un lecteur de CD, un synthétiseur et un scanner, ils enregistrent et mixent du son et des images. Ils diffusent leurs créations pour tous ceux que le livre rebute. Et ils sont nombreux, croyez-moi !

SIDO : Aucune image ne peut rivaliser avec les richesses d'un texte ! Pour le croire aussi naïvement, il faut n'avoir jamais connu le plaisir de tenir entre ses mains un ouvrage inconnu : l'ivresse de le feuilleter, d'en goûter toutes les promesses avant même de se plonger dans sa lecture...

Ma propre conviction m'étourdissait.

SIDO : Un lecteur, c'est aussi un créateur puisqu'il réinvente et se réapproprie ce qu'a imaginé l'auteur ! Ainsi, l'écrit est semblable à deux miroirs qui se font face : il offre une perspective sans limites...

SONN : Tout ce que vous dites, mademoiselle, je l'ai connu.

SIDO : Je ne vous crois pas ! Les Zappeurs refusent tout ce qui ressemble de près ou de loin à la littérature !

SONN : Ah, si les Lettrés intégraient les nouvelles technologies dans leurs récits, alors les Zappeurs s'intéresseraient à ce que racontent leurs livres. Mais leurs écrits ne cultivent le plus souvent que leur petit ego et leurs grandes nostalgies !

C'était en partie vrai. D'ailleurs, je dénonçais moi-même ce travers dans *Des livres et nous*.

SIDO : Était-ce une raison pour les détruire ? Les livres, eux, ne me trahissaient pas. Ils étaient ma réserve de rêves, ma provision de bonheur. Tout cela, votre virus l'a anéanti !

SONN : Plaisir de Lettrés, mademoiselle ! Nourriture de luxe ! Vous croyez que je combats les livres ? Au contraire : j'ai voulu les rendre accessibles au plus grand nombre !

SIDO : Mais ce ne sont plus des livres, Sonn !

Le convaincre ? À quoi bon : aucun antidote n'était possible !

SIDO : Comment avez-vous fait ?

SONN : Nous avons mis au point un virus macrophage ; il analyse la synthèse particulière qui s'effectue dans le cerveau lorsque le texte suggère des images. À ce moment précis de la lecture, le virus se propage dans les neurones ; il sollicite toutes les zones de la mémoire – pas seulement celles qui commandent la vision, mais aussi celles qui affectent les sons, le goût, le toucher, les odeurs... Et il crée un univers virtuel qui plonge le lecteur dans un état de *sommeil paradoxal éveillé* proche de l'hypnose.

Pour moi, c'était du charabia !

Soudain, j'aperçus derrière une paroi de plexiglas toute proche… des livres ! Oui, des livres, dans la ZZZ ! Mais des ouvrages mieux protégés de la poussière et de la lumière que ne l'étaient ceux de la TGB. Parmi eux, j'idenfiai un gros volume familier : le fameux *Codex Hammer* de Léonard de Vinci ! Un texte depuis longtemps disparu, que la TGB aurait acheté à prix d'or.

SIDO : Attendez… Ce n'est pas l'original ?

SONN : Mais si : 72 pages écrites – à l'envers – en 1508, par Léonard de Vinci en personne.

SIDO : À l'envers…

SONN : Oui. Plus exactement lisibles dans un miroir. Le *Codex Hammer* possède aussi 360 dessins et croquis de divers phénomènes hydrauliques et de la Lune… Son précédent propriétaire était Bill Gates, le génie américain de l'informatique. Il l'avait acheté 160 millions de francs en 1994. À présent, c'est moi qui le possède. Nous avons aussi notre musée. Tout ce qui se trouve derrière cette paroi ne sera jamais contaminé.

Je me levai et m'approchai de Sonn. Il restait obstinément assis, de dos, et me montrait son étrange soleil rouge.

Sonn n'était pas n'importe quel Zappeur.

SIDO : Mais QUI ÊTES-VOUS DONC ?

J'avançai la main vers lui. L'Homme-Écran me barra la route.

SONN : Laisse, Taboul. Il faudra bien qu'elle finisse par savoir.

Alors, le chef des Zappeurs fit pivoter son siège et se retourna. Je le reconnus immédiatement.

C'était Lund, le fils d'Emma. Ses yeux, d'un bleu limpide, me fixaient sans me voir.

13

Le maître des Zappeurs

Lund avait vieilli – non : mûri. Certes, ce jeune homme à la mâchoire volontaire ressemblait au personnage du récit que j'avais encore lu la veille ; mais son visage au regard vide et nostalgique conservait quelque chose d'enfantin, d'innocent. Le fils d'Emma était à la fois semblable au héros de son roman – et différent, parce que plus mystérieux et plus grand. Sa combinaison noire s'ornait, sur la poitrine, d'un énorme croissant de lune. Son expression lointaine et rêveuse me troubla profondément : ainsi, je faisais face à celui dont j'avais rêvé si longtemps !

ALLIS : Lund... C'est vous, le maître des Zappeurs !

LUND : Je savais bien que vous me reconnaîtriez.

À présent, les mouvements de ses lèvres confirmaient ce qu'affichait l'écran. Je m'aperçus que s'y inscrivait maintenant mon nom véritable.

ALLIS : Vous saviez ?...

LUND : Oui. Chacun se cache comme il peut, Allis. »

Il rangea mon portefeuille dans mon sac resté ouvert.

LUND : Car vous ne vous appelez pas Claudine C.W. Sido. Vous êtes Allis L.C. Wonder, élue hier à l'AEIOU.

ALLIS : Comment pouvez-vous en être aussi sûr ?

Il saisit le JOEL posé sur son bureau.

LUND : Être aveugle ne m'empêche pas de suivre l'actualité. Taboul est devenu mon regard, mon ombre. Mon double-qui-lit-et-qui-voit-tout. Bien sûr, vous n'entendez pas ce qu'il me dit. Sur ce point, vous n'avez pas menti : vous êtes bien sourde et muette.

ALLIS : Comment le savez-vous ?

LUND : Hier soir est arrivé à la ZZZ le message d'un Homme-Écran : avec ses amis, il avait rencontré dans un train une jeune fille qui affirmait vouloir devenir… Femme-Écran ! C'était inhabituel et cocasse. Avant d'inviter ici ceux qui désirent subir cette transformation délicate, nous effectuons une enquête sur eux. Or, l'Homme-Écran possédait déjà quelques renseignements sur vous : des images. Il nous les a transmises aussitôt. C'est cela, le cyberspace, Allis…

Sur le thorax de Taboul défila la scène de la veille : j'avais été filmée dans le train à mon insu par les yeux-caméras de l'Homme-Écran !

LUND : Voyez : ici, vous écrivez sur votre carnet. Vous le tendez aux Zappeurs qui s'approchent… Tu peux lui faire un gros plan, Taboul ?

Lund me disait : « *voyez* ». Mais lui ne voyait rien. Moi, je lus sur l'écran, au dos de mon propre carnet : « JE SUIS SOURDE-MUETTE. »

LUND : Il fallait que vous soyez aussi une Lettrée pour ignorer l'opération très simple qui aurait pu vous permettre d'entendre.

ALLIS : Une opération ? Laquelle ?

LUND : La pose d'un implant cochléaire[1] qui convertit les ondes sonores en courants électriques : on place sous le cuir chevelu un ordinateur miniature. Puis on le relie à quinze électrodes en platine implantées dans l'oreille interne. Une fois l'implant installé, il envoie les signaux aux fibres du nerf auditif. Et vous entendez.

Ainsi, c'était possible ! Cette perspective aurait dû me réjouir. Peut-être par provocation, je pensai, pour que s'affiche :

ALLIS : Mais si je n'étais pas sûre de *vouloir entendre* ?

Lund haussa les épaules et désigna l'écran sur le buste de son ami.

LUND : Regardez : à présent, les Zappeurs vous taquinent, n'est-ce pas ? Il ne faut pas leur en vouloir : ce sont les mal-lisants d'une société qui les transforme en clandestins. Ah, ce doit être le moment où l'un d'eux ouvre votre sac ? Taboul, fais-lui à nouveau un gros plan. Et un arrêt sur image.

La caméra plongea vers l'intérieur de mon bagage, se fixa sur la couverture de plusieurs livres épars.

---

1. Cette technique existe depuis 1957. L'opération a été pratiquée sur 7000 sourds qui, aujourd'hui, entendent.

LUND : Kafka, Blaise Cendrars... Étranges, ces ouvrages si austères emportés par une future Femme-Écran ! Mais surtout, il y a celui-ci : *Le fils disparu* de ma... d'Emma G.F. Croisset. Il n'est plus neuf. Il est même en piteux état, si j'en crois Taboul.

À présent, la scène était disséquée image par image.

LUND : Je savais qu'en venant ici, vous m'identifieriez très vite.

ALLIS : Vous saviez ?...

LUND : Bien sûr ! Regardez : là, on aperçoit une page froissée mais blanche. Vous aviez donc lu *Le fils disparu*, Allis. Et puisque vous étiez atteinte du virus, *vous m'aviez vu* ! Dans votre sac, il y avait aussi cette lettre...

Je reconnus l'enveloppe que m'avait confiée Emma et l'indication manuscrite : « LUND ».

LUND : Qui pouvait posséder une lettre avec l'écriture de ma mère ? Une Voyelle ! Or, le visage de tous les membres de l'Académie sont connus. Sauf un : le vôtre. Avouez que cela faisait beaucoup de présomptions. Et beaucoup de raisons pour que je souhaite vous voir, Allis.

Me *voir* ? Je me posai trop distinctement la question :

ALLIS : À ses yeux, à quoi puis-je bien ressembler ?

LUND : Vous êtes blonde, de taille moyenne – et jolie. C'est du moins ce que l'on m'a dit. Ordinairement, je me fais un portrait intérieur de mes interlocuteurs grâce au son de leur voix. Mais avec vous, je n'ai qu'un seul moyen de vous connaître...

Il avança la main ; je reculai.

Il dut entendre ou deviner mon mouvement : sa tristesse soudaine m'émut et m'effraya. Sur l'écran comme sur ses lèvres, je lus :

LUND : Rassurez-vous, Allis. Je ne vous toucherai pas. Voyez-vous, je ne fais plus partie des Lettrés. Mais je suis aussi exclu du monde des Zappeurs. Car désormais, toutes les images...

Il se frappa le front.

LUND : Elles sont là. Et là aussi, un peu, parfois...

Il se frappa la poitrine, au milieu du croissant de lune. C'était la place du cœur.

LUND : Je suis un Zappeur sans regard et un Lettré déserteur. La première femme qui aurait dû m'aimer m'a rejeté, vous le savez, Allis. Et la messagère qu'elle m'envoie ne peut ni me parler ni m'entendre !

J'eus envie de lui exprimer ce que je portais depuis si longtemps en moi. Mais c'était inutile, imprudent : les mots n'auraient rien traduit correctement. Et Lund m'aurait rétorqué que j'aimais le personnage d'un livre : une image fausse et fanée.

Sur l'écran, à côté de mon nom, plus aucun texte ne naissait. Et l'Homme-Écran se taisait.

Lund se leva, inquiet.

LUND : Savez-vous que je n'ai aucune preuve de votre existence, Allis ? Peut-être Taboul me ment-il ? Qu'est-ce qui me prouve que vous êtes là ?

Cœur battant, je fouillai dans mon sac. Je trouvai la lettre d'Emma.

ALLIS : Ceci.

Je m'approchai de Lund et lui saisit la main ; elle était tiède et ferme. Il sursauta. Son visage marqua une émotion, une surprise extrêmes. Ses lèvres prononcèrent :

« Allis ? »

Sa main voulut garder la mienne ; mais elle se referma sur la lettre de sa mère. Il palpa longuement l'enveloppe avant de se décider à l'ouvrir.

« Lis, Taboul. »

L'Homme-Écran n'affichait plus de texte. Je le vis déclarer :

« *Lund, mon fils, mon cher fils…* »

Je détournai la tête. Ce message ne me concernait pas.

Au bout d'un instant, je sentis la main de Lund saisir mon visage. J'eus l'impression que son regard était humide. Mais sa mâchoire restait crispée.

« Il est trop tard, Allis. Plus aucune réconciliation n'est possible. »

ALLIS : Mais pourquoi? Pourquoi? J'ai quitté votre mère hier matin. Elle est… Elle ferait n'importe quoi pour que vous reveniez. Je vous jure qu'elle est sincère!

« Elle est la responsable élue des Voyelles. »

ALLIS : Elle démissionnera!

« Oui. C'est ce qu'elle m'affirme. Mais elle ignore que son fils est devenu le chef des Zappeurs, celui qui a mis au point et propagé le virus L.I.V.3. Quand elle l'apprendra, comment croyez-vous qu'elle réagira? »

Son argument m'ébranla. Ainsi, j'échouais dans ma double mission : il n'y aurait ni antidote, ni réconciliation.

Je réfléchis et songeai, obstinée :

Allis : Oui ! Emma comprendra. Elle veut tant que son fils revienne !

Il parut troublé par ma certitude.

« Alors c'est peut-être moi qui ne suis pas encore prêt, Allis. »

Il fouilla dans mon sac et en sortit *Le Fils disparu*. Il le brandit comme une arme :

« Dans son roman, ma mère s'est réservé le meilleur rôle, Allis ! Elle a travesti la réalité. Ce n'est pas moi qui suis parti : c'est elle qui a disparu au moment où je perdais la vue. Un autre livre reste à écrire : ma propre version des faits ! »

Allis : Écrivez-le !

Lund sursauta comme si j'avais proféré une insulte.

« Jamais. C'est à elle de rétablir la vérité. »

Son regard était encore plus lointain lorsqu'il ajouta :

« Moi aussi, j'aurais beaucoup à lui pardonner pour qu'une réconciliation soit possible… »

14

Les confidences de Lund

Je m'habillai dans une pièce aveugle où Taboul m'avait emmenée : quatre murs de béton et deux lourdes portes métalliques. Serait-ce là ma future geôle ?

Taboul revint. Il prit mon sac et me reconduisit vers Lund. Puis il apporta trois repas sur des plateaux. C'était la façon dont les Zappeurs s'alimentaient dans cet ancien parking aménagé : ils grignotaient sans quitter leurs écrans des yeux.

Lund me rendit le livre d'Emma :

« Ma mère a fait de moi le portrait d'un

élève médiocre, passionné de jeux vidéo et de mondes virtuels. Elle a oublié de préciser que j'avais été un lecteur... »

Dans ses yeux vides, une étincelle de nostalgie s'alluma.

« Oui, Allis : enfant, j'étais gourmand d'histoires. Ma mère m'en racontait une chaque soir. Dès que j'appris à lire, elle décida que je me débrouillerai seul. Je me détournai des livres et m'intéressai aux activités de mon père. »

Je rassemblai mes souvenirs.

ALLIS : Attendez... Il était libraire, n'est-ce pas ?

« Oui. Mais il se passionnait pour la biologie et l'informatique. Il avait beaucoup d'amis Zappeurs. Il m'initia à de nouvelles techniques... Tout cela déplaisait vraiment à ma mère. Les querelles devinrent fréquentes. »

Lund s'essuya le front comme pour chasser ces méchants souvenirs.

« Quand ils se séparèrent, j'avais douze ans. Ma mère obtint ma garde. »

ALLIS : Et votre père ?

« Il n'en fut plus jamais question. Plus tard, j'appris qu'il était mort – ici même, à la

ZZZ où il avait rejoint des amis. Mais je cultivais son souvenir. J'avais conservé son ordinateur ; j'allais dans les cinémas clandestins ; je regardais la télévision en cachette. Grâce au web, je comblais ma solitude forcée. Ma mère s'en aperçut, et ce fut le début de l'enfer : moi, le fils d'une Lettrée – mieux : d'une écrivaine ! – j'étais attiré par le cyberspace. Quand ma vue se mit à baisser, elle en rendit les écrans responsables : "*Tu ferais mieux de lire !*" me serinait-elle à longueur de journée. Bientôt, mes yeux refusèrent d'obéir : la maladie progressait... »

Lund eut un geste de colère mal contenue.

« C'était une affection rare : une kératite interstitielle. Elle affecte toutes les couches de la cornée. Un seul remède existe, à condition d'être pratiqué à temps : un greffon frais. Ma mère l'ignorait. Ou plutôt, elle n'a rien fait pour le savoir. »

ALLIS : Vous êtes injuste !

« Non, Allis. Au fond, ma mère n'était pas mécontente que ma vision baisse. Finies, toutes ces heures passées devant les écrans ! »

ALLIS : Mais vous ne pourriez plus lire !

« Aveugle, on peut écrire, écouter les

textes et fréquenter les bons auteurs. À ses yeux, cette punition était providentielle. Quand j'ai compris que je deviendrais aveugle, que je dépendrais désormais d'elle, je suis parti. Je n'ai plus jamais donné signe de vie. La suite, vous la devinez... »

J'avais même deviné ce qui précédait : mes soupçons à l'égard d'Emma se confirmaient. Un écrivain, même habile, n'empêche pas un bon lecteur de lire entre les lignes.

ALLIS : Vous avez mis au point le virus pour vous venger. Pour *lire d'une autre façon*. Eh bien vous avez réussi, Lund !

Le maître des ZZ désigna tous ceux qui l'entouraient.

« C'est pour eux que je l'ai fait, Allis. Pour eux, pas pour moi. »

Il me désigna ses propres yeux.

« Car moi, Allis, je ne *lis* pas : je suis donc insensible au virus ! En fait, il existe un excellent antidote : la cécité. »

Ainsi, l'inventeur du virus était le seul à ne pas en être affecté !

« Mais vous venez de tout changer, Allis. Cette fois, c'est décidé : dès demain, je recouvrerai la vue. »

Je ne comprenais pas.

ALLIS : Mais comment ?...

Il désigna les yeux artificiels du géant qui se tenait à côté de lui.

« C'est simple : des caméras feront l'affaire. C'est la réponse au courrier de ma mère, Allis : je vais devenir un Homme-Écran. »

Je reculai, partagée entre la stupéfaction et l'horreur.

ALLIS : Mais pourquoi cette décision brutale ? Vous voulez... *lire* ?

« Lire ? Ma mère m'en a dégoûté à jamais ! Non : je veux *vous voir*, Allis. »

15

Vingt heures, l'heure du web

Lund, je l'espère, ne put rien déceler de mon trouble. J'essayais d'analyser mes sentiments : ils étaient si mêlés, si contradictoires...

Dans la ZZZ, les lumières s'étaient affaiblies. La plupart des Zappeurs avaient quitté leur poste. Un signal dut retentir car mes deux interlocuteurs levèrent la tête en même temps.

« Il est tard, dit Lund.

— Oui. C'est l'heure, ajouta Taboul sans rien afficher sur son écran.

— Nous avons encore beaucoup à nous dire, Allis. Je... »

Lund semblait mûrir une décision difficile. Soudain, il me jeta :

« Attendez-moi. Je reviens. J'en ai pour quelques minutes. »

Il donna des ordres à Taboul. L'Homme-Écran enleva le casque qui me reliait à lui. Il prit mon sac et alla le déposer dans ma geôle. Puis Lund et lui allèrent s'isoler dans l'une des alvéoles abandonnées par les ZZ.

À travers la paroi de verre dépoli, je devinais la silhouette de Lund. Il s'était assis. De Taboul, je n'apercevais plus que le crâne chauve. L'Homme-Écran me jeta un coup d'œil, puis il se pencha vers son compagnon.

J'examinai le sous-sol désert. Fuir? Me cacher? Ridicule! Toutes les issues étaient fermées. Je serais vite rattrapée et découverte.

Dans l'alvéole voisine, j'aperçus, avec son écran zébré d'images aléatoires, un ordinateur en sommeil; j'étais sûre qu'il était relié à une ligne téléphonique. Mon cœur se mit à battre très fort. En dix secondes, je pouvais me brancher sur le web. Et lancer un appel au secours!

Je me levai.

À dix mètres de moi, Taboul ne me prêtait

plus aucune attention. Si les deux hommes quittaient leur poste, je reviendrais aussitôt à ma place. J'allai vers l'ordinateur, m'assis face au clavier. Comme je l'avais soupçonné, l'appareil possédait bien un modem. Je m'identifiai en tapant mon code. À qui adresser mon SOS ? La veille, Rob m'avait laissé entendre qu'il se branchait sur le web. Mais j'ignorais son pseudo et son code – à supposer qu'il ait dit vrai...

Dans un angle de l'écran, l'horloge incrustée indiquait vingt heures trois.

Mondaye ! Non, après ce qu'elle m'avait dit la veille, elle n'avait pas pu se brancher. Mondaye... Elle était pourtant mon seul espoir. Essayer ne me coûtait rien.

Je tapai : « SAL PART » et il me fut aussitôt demandé : « CODE ? » Je répondis en frappant « F 4 5 1. »

Aussitôt, l'écran afficha :

MONDAYE : Je savais bien que tu te brancherais ce soir, Allis.

Ainsi, les miracles existaient ! Je jetai un coup d'œil vers Taboul qui n'avait pas bougé. Et je tapai à la hâte :

ALLIS : Mondaye ! C'est inespéré. Je n'y croyais pas.

MONDAYE : Eh bien voilà. Je suis là. Comment vas-tu, Allis ?

Au lieu de lui révéler aussitôt ma situation, j'hésitai. Après tout, Mondaye était une Zappeuse. Si elle prévenait les G.O. pour me sauver, elle trahirait les siens ! Et puis voulais-je moi-même que Sonn – ou plutôt Lund – soit capturé ? Ma libération éliminerait toute possibilité de négociation. Et je me ferais de Lund un ennemi.

Je tapai calmement :

ALLIS : Je vais bien.

Il n'y eut aucune réponse. Le temps passait. J'ajoutai :

ALLIS : Je vais bien, Mondaye, puisque tu es là.

MONDAYE : C'est tout ce que tu as à me dire ?

Sa repartie me déconcerta. Je risquai :

ALLIS : Ce serait plutôt à toi, Mondaye, de m'expliquer.

MONDAYE : T'expliquer quoi ?

ALLIS : Ta décision de ne plus te brancher. Ces raisons qui t'empêchaient de communiquer avec moi. Qu'est-ce qui a changé, depuis hier soir ?

MONDAYE : Rien n'a changé, Allis.

ALLIS : Alors pourquoi t'es-tu branchée ce soir ?

Je jetai un coup d'œil au-dessus de l'ordinateur : là-bas, derrière la paroi de verre, Taboul et Lund restaient immobiles.

MONDAYE : Tu m'as toujours accordé une confiance totale, Allis : je sais qui tu es, où tu vis et ce que tu penses. Tu m'as fait mille confidences... Mais moi, je t'ai caché beaucoup de choses.

ALLIS : Moi aussi, Mondaye : je ne t'ai pas dit toute la vérité sur moi.

MONDAYE : Alors dis-moi toute la vérité, Allis.

Pour lui faire cet aveu-là, je n'hésitai pas une seconde.

ALLIS : Je suis sourde et muette.

MONDAYE : Quelle importance ? Cela ne nous a jamais empêchées de communiquer et de nous comprendre.

Ce n'est pas le contenu de cette réponse qui me déconcerta, ce fut sa rapidité ! Fébrile, je tapai :

ALLIS : Et toi, Mondaye, que m'as-tu caché qui pourrait interrompre nos dialogues quotidiens ?

À la longue attente qui suivit, je devinai son hésitation.

MONDAYE : Depuis un an, je me suis attachée à toi, Allis. Beaucoup plus que tu ne le soupçonnes. J'ai triché.

ALLIS : Triché ? Comment ? Explique-toi !

MONDAYE : Au début, je m'étais jurée de te révéler la vérité au plus tôt. Mais je remettais toujours cette corvée au lendemain : nous dialoguions si bien ! Plus le temps passait, et plus mon aveu devenait difficile. Tu ne me pardonnerais pas mon mensonge. Et je ne voulais pas te perdre.

Dans ma tête, tout s'embrouillait. Je ne voulais pas comprendre.

ALLIS : Quel mensonge, Mondaye, quel aveu ?

MONDAYE : Je ne suis pas une fille, Allis : je suis un Zappeur.

16

Monday

Un gouffre sans fond s'ouvrait devant moi. Mondaye, un homme ? Je refusais d'y croire !

Mes sentiments se trouvaient soudain mis en défaut : bien sûr, j'aimais Mondaye lorsqu'elle était une fille. Je l'aimais comme une *amie*, comme une sœur. Mais si Mondaye était un garçon ?...

C'était une fourberie. Une perfidie. Une trahison ! J'étais courroucée, indignée, déconcertée.

ALLIS : Pourquoi... mais POURQUOI as-tu fait cela ?

MONDAY : Des amis, Allis, j'en ai beaucoup. Mais je n'ai aucune amie, comprends-tu ? Pas plus dans la vie que sur le web. Des centaines de gens m'entourent, et je suis pourtant très isolé. Quand nous avons commencé à débattre dans ce salon collectif, l'an dernier, j'ai su que tu n'étais pas comme les autres. Tu t'exprimais différemment. Tu nuançais tes opinions. J'ai compris que tu étais une Lettrée, Allis. Une Lettrée sur le web ! C'était rare, précieux, inespéré. Grâce au *e* ajouté ce jour-là à mon pseudonyme habituel, tu croyais que j'étais une fille. J'ai maintenu cette supercherie pour te mettre en confiance et maintenir nos contacts.

Comme j'avais été naïve ! J'essayai d'imaginer à quoi pouvait ressembler Monday. Un visage s'imposa à mon esprit. Vite, je chassai cette idée folle.

J'étais restée face à l'écran, comme hypnotisée. Je me levai. Taboul n'avait pas bougé : Lund et lui étaient occupés à la même activité inconnue. J'abandonnai mon ordinateur pour les rejoindre en douce.

Je marchais en prenant garde de ne rien toucher ni renverser. Mes jambes flageolaient, comme si je redoutais de découvrir la vérité.

Enfin, je fus à leurs côtés. Ils étaient si absorbés qu'ils ne m'avaient ni vue ni entendue venir. Le fils d'Emma parlait face à l'écran d'un ordinateur. Je me penchai pardessus son épaule. Et je lus :

ALLIS : Confiante ? Oh oui, je l'ai été.

MONDAY : Je sais que je n'ai pas d'excuses, Allis. Toi, tu ne m'as jamais déçu. Allis, réponds-moi. ALLIS ?

Pris d'un doute, Sonn se retourna. C'est Lund qui me fit face.

Il sut que j'étais là. Je le vis me murmurer :

« Eh oui, Allis : Mondaye, c'était moi. Et cela, j'ai peur que tu ne me le pardonnes pas. »

Je n'avais qu'un moyen de lui répondre : je me jetai dans ses bras.

17

La trahison d'une Voyelle

Lund saisit mon visage. Ses doigts semblaient vouloir apprendre mes traits par cœur. Il balbutiait :

« Allis, tu es venue ! Comment as-tu compris ? Ah, Taboul, que dit-elle ? »

L'écran de Taboul restait vide. Et le géant muet.

« Le casque ! tempêta Lund. Va rebrancher son casque ! TABOUL ! »

De mauvaise grâce, le géant prit le dispositif de communication qu'il avait laissé près de mon siège. Il remit le casque sur mon crâne.

ALLIS : Mon premier doute est né tout à l'heure, quand tu m'as quittée à huit heures. Tout à coup, tu renonçais à me surveiller. J'aurais dû deviner que tu me tendais un piège...

« C'est vrai : j'espérais que tu te brancherais. Je croyais que tu révélerais à Mondaye ta capture. Mais tu ne m'as pas trahi, Allis. Pourquoi ? »

Je répondis à sa question par une autre :

ALLIS : Sonn, Lund, Monday... Qui es-tu en réalité ?

Il me tendit les bras, comme s'il avait eu peur de me perdre.

« Qu'importent tous ceux derrière lesquels je me suis dissimulé ! À présent, je suis Lund. Et je ne veux plus te quitter. »

Taboul hochait la tête, aussi ému qu'embarrassé.

« Je te dois un aveu, Allis, reprit Lund : le virus... c'est par hasard qu'il a été fabriqué ! Nous cherchions un nouveau moyen de lire, c'est vrai. Mais quand L.I.V. 3 s'est propagé, nous n'avons pu le maîtriser. À quoi bon te le dissimuler ? Nous avons été dépassés.

ALLIS : Mais alors, ce discours, tout à l'heure ?...

L'ombre de Sonn ternit le regard de Lund.

« Je ne le renie pas. À présent que le mal est fait, il me faut l'assumer. »

À ce moment, la porte blindée de l'entrée explosa ! Je le compris au souffle gigantesque qui nous jeta à terre tous les trois. Quand je me relevai, plusieurs dizaines de G.O. en armes envahissaient la ZZZ. Des chiens-robots bondirent dans les travées.

Taboul saisit Lund dans ses bras et fuit en courant. Prisonnier du géant, il se débattait comme un beau diable et criait :

« Non, Taboul ! C'est ELLE qu'il faut sauver… ALLIS !

Pourtant, Taboul avait raison : c'était Lund et non pas moi que voulaient capturer les Gardiens de l'Ordre.

Je me relevai pour voir un G.O. braquer son arme sur les deux fuyards. Un jet éblouissant en jaillit, il atteignit l'Homme-Écran. Comme le géant s'écroulait, une porte de métal s'ouvrit derrière lui en coulissant.

De ses yeux morts, Lund fixait les G.O. qui s'apprêtaient à l'abattre. D'instinct, il recula. Et la porte se referma sur lui.

Je me précipitai vers Taboul qui gisait à terre. Son écran à cristaux liquides, brisé, diffusait des images incohérentes. Je relevai le visage du géant avec soin ; il essayait de me sourire. Je sentis qu'il glissait dans ma poche un petit objet. Puis ses yeux artificiels semblèrent fixer l'infini. L'écran, sur sa poitrine, s'éteignit.

Je voulus hurler. Mais plus rien ne pouvait traduire les mots que je formulais : l'Homme-Écran était devenu muet, lui aussi.

Je sanglotai longtemps, à genoux, immobile, lorsqu'on me releva brutalement. Céline L.F. Bardamu me faisait face.

« C'est pour lui que vous pleurez? Ridicule! »

Elle retourna Taboul du pied.

« Ce n'était plus qu'une machine, ma petite. »

Ma peine fit place à la stupéfaction. La responsable de la sécurité devina ma question.

« Comment avons-nous pu vous localiser? C'est simple, Allis : quelques G.O. en civil vous ont suivie. Nous n'avons jamais perdu votre piste depuis que vous avez quitté la TGB. Vous nous avez conduite ici. Et je vous en remercie. »

Les G.O., dans la ZZZ, se livraient à un pillage systématique : ils détruisaient les ordinateurs à coups de crosse, brisaient les parois des alvéoles, arrachaient les fils. J'eus un geste pour m'interposer. Céline me saisit le bras. Elle avait une poigne de fer.

« Je peux vous l'avouer, Allis : j'ai voté pour que vous puissiez accomplir cette mission. Grâce à cette équipe qui m'est entièrement dévouée, tout s'est déroulé comme prévu. Sauf pour Sonn qui a réussi à s'enfuir. Mais ses moyens d'agir sont devenus limités. Quant à vous… »

Elle eut un sourire satisfait qui ne me plut pas du tout.

« Personne n'est au courant de votre capture. Même moi, voyez-vous, je ne l'apprendrai que dans quelques jours. En même temps que mes collègues de l'Académie… »

Un G.O. s'approcha de nous. Il montra à Céline la pièce dans laquelle je m'étais habillée le matin.

« Oui. Ce sera parfait. Venez, Allis – mais si, venez ! »

Plusieurs chiens-robots agrippèrent ma jupe et m'entraînèrent jusqu'à la petite pièce aveugle. Là, je compris : si j'avais douté devenir la captive de Sonn, j'étais sûre d'être à présent celle de Céline.

Je fus jetée sans ménagement au fond de la geôle.

« Dans quelques jours, voilà ce que l'Europe des Lettres apprendra, Allis : envoyée en mission par les Voyelles pour retrouver Sonn, vous avez été enlevée par les Zappeurs Zinzins et enfermée dans la ZZZ. Après avoir sabordé leur matériel, vos ennemis vous ont abandonnée dans cette cellule, où vous avez succombé. »

C'était un plan diabolique.

« Oh, je ferai en sorte que vous soyez vengée, Allis. Votre mort affreuse entraînera la guerre à outrance contre les Zappeurs. Et cette guerre, Allis, c'est *vous* qui l'aurez indirectement déclenchée. C'est plutôt drôle, non? »

Recroquevillée dans un coin de ma prison, je réfléchissais aux moyens d'échapper à ce piège. Céline haussa les épaules.

« N'espérez aucun secours, Allis : personne ne sait que vous êtes ici. S'ils tentaient de revenir, les ZZ seraient accueillis par les G.O. que je laisse en faction devant votre cellule… »

Ce fut ma dernière vision : celle des hommes en armes et des robots-policiers qui achevaient le saccage de l'ancien parking.

Puis la lourde porte métallique se referma. Si lourdement que je sentis les vibrations sous mes pieds.

Je me retrouvai seule avec mon désarroi et mon angoisse. Ma première pensée fut pour Lund. Avait-il été blessé ? Où s'était-il réfugié ? Fallait-il vraiment que je le perde au moment où nous nous étions trouvés ?

Je me relevai et examinai ma cage de béton. Forcer la porte ? Inutile d'y songer : à supposer que j'y parvienne, mes gardiens me reprendraient aussitôt ! J'examinai la seconde porte qui faisait face à la première. Elle était identique. Aucune serrure n'était visible.

Au plafond, un éclairage au néon diffusait une lueur pâle et intermittente : le tube devait être défectueux. La grille d'aération aurait pu offrir une issue ; mais l'orifice était si étroit qu'un chat lui-même n'aurait pu s'y faufiler. J'allai y plaquer ma main. Pas le moindre souffle d'air ! Je pensai à ce qu'avait dit Céline : « *quelques jours... une mort affreuse...* »

Bien sûr, elle avait fait couper la climatisation. Un individu peut survivre un mois sans manger, quelques jours sans boire. Mais si l'air de sa prison n'est pas renouvelé ?

J'eus l'impression que la température montait, que je commençais à suffoquer. Non, c'était une illusion. Mais dans dix ou vingt heures, j'allais manquer d'air et d'eau. J'étoufferais dans ce trou.

Je tentai de mesurer ma respiration. J'étais épuisée. Il était près de minuit. La journée avait été longue. Je me relevai doucement pour aller dans l'angle où Taboul avait déposé mon sac. Je le calai sous ma tête pour m'en faire un oreiller. En dormant, j'économiserais un peu d'air.

Je sombrai dans un sommeil plein de soleils et de lunes.

18

Prisonnière…

Lorsque je m'éveillai, j'étais trempée de sueur. Il était dix heures du matin. J'avais dormi très longtemps. La température de ma prison avait considérablement augmenté.

J'ouvris mon sac pour changer de vêtements. Je n'avais même pas pensé à emporter une bouteille d'eau. En fouillant mes poches, je découvris un CD inconnu. D'où pouvait-il provenir ?

« C'est ce que m'a confié Taboul hier, juste avant de mourir ! » me dis-je aussitôt.

Pourquoi ? Je l'ignorais. Et je n'avais aucun

moyen de visionner son contenu. Machinalement, je vidai mon bagage. Entre deux polos, je retrouvai la lettre que j'avais écrite le soir de mon arrivée au centre CCC : un courrier informant Emma que mes recherches étaient au point mort – quelle dérision ! Le cœur battant, je songeai :

« À l'heure qu'il est, Emma n'a encore rien reçu. Elle s'interroge. Elle s'inquiète... Peut-être va-t-elle entreprendre des recherches ? »

Mais comment pourrait-elle deviner que j'étais prisonnière ici ? Fébrile, je fis l'inventaire de mon sac. Rien qui puisse m'être utile, sinon...

... des livres. Des livres... *dans lesquels se promenaient parfois des lecteurs !* C'était une idée folle mais réalisable.

J'eus vite fait de découdre le double fond de mon sac. J'alignai sur le sol les ouvrages qui me restaient : une anthologie de poésies de Blaise Cendrars, *Fahrenheit 451* de Bradbury et *La Métamorphose* de Kafka.

Je commençai à feuilleter la *Prose du Transsibérien* :

« *En ce temps-là j'étais en mon adolescence*

J'avais à peine seize ans et je ne me souvenais déjà plus de mon enfance

J'étais à 16 000 lieues du lieu de ma naissance
J'étais à Moscou... »

Une ville folle apparut : un Moscou revu et corrigé par un peintre visionnaire, où le Kremlin ressemblait à un immense gâteau. J'avisai un vieux moine qui psalmodiait en lisant à haute voix dans un livre.

« Monsieur... Monsieur, s'il vous plaît ? »

Perdu dans sa litanie, l'homme d'Église ne m'entendait pas.

La ville était déserte. Devant moi, des pigeons s'envolèrent en claquant des ailes.

J'avais faim. J'avais soif...

Je refermai le livre et je me retrouvai dans ma cellule mal éclairée. Non : je ne trouverais aucune aide dans ce recueil de poésies. Son univers était trop baroque. Ses personnages restaient factices, hors du réel.

J'ouvris *La Métamorphose*. D'abord, je crus que je n'avais pas changé de prison : je me trouvais sur un lit, couchée sur le dos, dans une petite chambre. Un malaise insupportable me saisit lorsque j'aperçus devant moi les horribles pattes d'insecte qui me tenaient lieu de jambes. Pourtant, j'étais bien *dans le livre* : j'entendais le bruit de la pluie sur le toit de zinc tout proche. Le réveil se mit à sonner sur ma table de nuit, et de l'autre côté de la porte, une voix féminine cria :

« Grégoire ! Il est sept heures moins le quart. Est-ce que tu ne voulais pas prendre le train ?

— Si, si, merci, maman. Je me lève. »

Je refermai vite l'ouvrage, épouvantée par le son rauque et inhumain de ma voix. Poursuivre ce récit était au-dessus de mes forces. D'ailleurs, pour que ce supplice réussisse et que je sollicite du secours, il aurait fallu qu'un autre lecteur *lise le même passage en même temps que moi*.

Découragée, je remis les livres dans mon sac. Ma main rencontra une résistance inconnue. Là, dans une poche latérale se trouvait… un autre livre ! Je reconnus aussitôt la couverture : une jeune femme en robe rose au bras d'un jeune homme souriant. C'était le petit roman sentimental dont Emma m'avait fait cadeau trois jours auparavant : *Les Feux de la passion* !

Je sentis naître en moi un espoir encore plus fou que les précédents.

Je me précipitai sur le premier chapitre…

19

Dans *Les Feux de la passion*

Les premières pages, que j'avais déjà lues, étaient vierges. Mais mes souvenirs étaient si précis que le début du roman me revint aussitôt en mémoire : « *Lorsque Valérie Morris arriva au domaine de Bois-Joli, elle fut aussitôt éblouie par les grands arbres centenaires de l'allée…* »

Je ne fus pas étonnée d'apercevoir la domestique sur le seuil :

« Mademoiselle Harret? Comme je suis fière…

— Oh non! me récriai-je : je suis seulement l'infirmière. »

La servante parut choquée que je l'interrompe. Elle reprit sèchement :

« Ah ! Venez, je vais vous montrer votre chambre.

— Pardonnez-moi. Je préfère rester ici. »

Je saisis ma valise et entrai dans le grand vestibule. Je reconnus les lieux, le guéridon, le bouquet...

J'allai m'asseoir dans un fauteuil de style et j'attendis.

Une heure coula lentement. Des bruits extraordinaires arrivaient jusqu'à moi : le chant des oiseaux du parc, le bruissement du vent dans les arbres et, venant des cuisines, le son des couverts et des casseroles qu'on chahutait.

Dans le ciel, le soleil pointait au zénith. La domestique réapparut pour traverser le hall et murmurer, en ignorant ma présence :

« Je me demande quand la fiancée de monsieur va arriver... »

Soudain, je fus noyée dans l'obscurité.

Et je revins à la réalité, c'est-à-dire dans ma prison : le néon s'était éteint. En me hissant sur la pointe des pieds, je parvins à régler le tube, qui diffusa une lumière tremblotante. Je consultai ma montre : il était deux heures de l'après-midi. Dans ma geôle, la chaleur était insupportable. Ma gorge était sèche et brûlante. Mais je savais que la seule clé qui me permettrait de sortir d'ici était ce roman de quatre sous.

Je me replongeai dans sa lecture.

Une impression de fraîcheur me saisit : j'étais dans le somptueux salon du domaine de Bois-Joli. En me penchant pour respirer les roses, j'aperçus, sur le guéridon, une pendule. Je la réglai sur deux heures précises.

Et, à nouveau, j'attendis en veillant à ne pas tourner les pages. Bientôt, à l'extérieur, le ciel se teinta de rose. Les bruits de la maison s'estompèrent. Quelques pipistrelles vinrent voleter autour des arbres du parc. Un domestique en livrée arriva avec un escabeau ; il alluma les chandelles du grand lustre.

Au moment où la pendule sonnait vingt et une heures, un crissement de pneus caractéristique attira mon attention. Je me précipitai sur le seuil.

Une limousine sombre surgit dans l'allée.

« Ah ! s'exclama la domestique derrière moi. Cette fois, ce ne peut être que mademoiselle Harret. »

Le véhicule s'arrêta au pied du perron. Le chauffeur descendit le premier, et vint ouvrir la porte arrière.

Dès qu'elle sortit, mademoiselle Harret écarta d'un geste rapide sa longue robe rose. Dans sa précipitation, son chignon heurta le haut de la portière et ses cheveux gris s'affalèrent sur ses épaules nues.

« Mademoiselle Harret ! s'exclama la domestique. Je suis ravie… »

Je me précipitai à sa rencontre. Et mademoiselle Harret, aussi émue que stupéfaite, m'ouvrit tout grands ses bras, s'écria :

« Allis ! Vous, ici… Je n'osais pas l'espérer. »

C'était Emma.

20

Dialogue en L.I.V.

« C'est Valérie Morris, la nouvelle infirmière, crut bon de préciser la domestique en me désignant. J'ignorais que mademoiselle la connaissait déjà. Mademoiselle veut-elle?...

— Fichez-nous la paix, voulez-vous? lui jeta Emma. Oui : nous sommes de vieilles amies. Et Valérie... Allis connaît bien la maison. Prenez donc mes bagages et laissez-nous, maintenant. Nous avons à parler ensemble. »

Tandis que la servante, vexée, s'éloignait avec les valises, Emma m'entraîna dans le vestibule.

« Allis ! J'étais si inquiète. Sans courrier de vous ce matin, ni cet après-midi, je me suis bien doutée qu'il vous était arrivé quelque chose. C'est ce soir, à *l'Heure du Livre*, que j'ai pensé aux *Feux de la passion*, même si... »

Elle me désigna sa robe d'un autre âge et le décor d'opérette où nous étions réunies.

« Bah, quelle importance ! Dites-moi, Allis, *où êtes-vous* ? Ils vous ont capturée, n'est-ce pas ?

— Oui. Je suis prisonnière, Emma. À Épinay-sur-Seine, sans doute dans un parking souterrain, à deux cents mètres de la mairie. »

Elle fronça les sourcils et pâlit.

« Mais ce parking, je le connais ! C'est celui d'un ancien supermarché où nous allions autrefois, Lund et moi. Et ce lieu serait devenu la ZZZ ? Quel hasard extraordinaire !

— Ce n'est pas un hasard, Emma. Sonn, le chef des Zappeurs, c'est votre fils : Lund. »

Emma porta la main à sa poitrine. Puis elle baissa la tête, effondrée. Je l'entendis murmurer :

« J'aurais dû m'en douter... Lund ! Quelle horreur...

— Mais ce n'est pas de Lund, dont je suis

la prisonnière, Emma. C'est de Céline L.F. Bardamu. »

Elle releva la tête, incrédule.

« Il faut que je vous raconte tout, Emma. La journée d'hier a été longue. »

Je ne négligeai aucun détail : ma rencontre dans le train de banlieue, mon arrivée au CCC, ma capture par les Zappeurs le lendemain matin, mes conversations avec Sonn – puis avec Lund.

« En fait, je connaissais votre fils depuis longtemps, Emma. Nous correspondions chaque soir sur le web. Mais j'ignorais son identité. »

J'achevai mon récit par l'irruption de Céline L.F. Bardamu et de ses G.O. Je lui relatai la mort de Taboul et la fuite de son fils. Emma semblait furieuse. Elle brandit ses poings recouverts de mitaines en dentelle.

« Céline… J'aurais dû m'en douter ! Nous allons la confondre, Allis. Quant à Lund… »

Son regard interrogatif me fit pitié.

« Il est aveugle, Emma. Je lui ai remis votre lettre. Il vous en veut encore. Mais vous vous retrouverez. J'en suis certaine.

— Comment pouvez-vous être si sûre de vous, Allis ? »

Je rougis ; elle dut comprendre, demanda :
« Vous l'aimez ? »

C'était à peine une question. Elle me saisit les mains. Elle semblait soudain rajeunie, gonflée d'espoir, débordante d'une joie que je ne compris d'abord pas.

« Allis, vous avez bien rempli vos deux missions ! À présent et plus que jamais, vous restez notre meilleure alliée. Mais d'abord, il faut que je vous délivre. N'ayez crainte. Patientez. À bientôt ! »

Avant que je puisse la retenir, elle s'échappait vers le perron, dégringolait l'escalier quatre à quatre et s'engouffrait dans la limousine en pestant contre la longue robe qui se prenait dans le marchepied.

Longtemps, je guettai le bruit du moteur jusqu'à ce qu'il s'évanouisse dans la nuit.

Enfin, je refermai le livre. Une chaleur suffocante me saisit. Combien de temps allais-je encore tenir dans cette prison exiguë ? J'imaginai Emma qui, au même instant, quittait les sous-sols de la TGB, et donnait sans doute des ordres pour hâter ma libération.

Au plafond, le tube au néon s'éteignit. Je me relevai et tentai de lui redonner vie. Sous mes doigts, il se remettait à émettre une lueur balbutiante ; mais dès que je le lâchais, le contact ne se faisait plus.

Je m'effondrai par terre, épuisée. Je me sentais semblable à ce tube agonisant : prête à rejoindre le néant si aucune main ne venait me soutenir.

21

Prisonnières !

Une vive lueur m'aveugla.

Je me relevai d'un coup, mais un corps s'abattit sur moi, me renversa. À peine ouverte, la porte blindée s'était refermée ! Je me retrouvai dans l'obscurité.

Sur le qui-vive, je tendis les mains. Je palpai un visage, des cheveux… un chignon défait ; et je reconnus Emma.

Dans cette nuit totale, il nous était impossible de communiquer. Je ramenai mon sac au centre de notre geôle, me hissai dessus et fis jaillir la lumière en soulevant le tube au néon.

« Allis ! Oh, Allis, c'est terrible… »

Le visage d'Emma était livide, sa robe déchirée ; elle avait sur l'épaule une éraflure sanglante.

« Lâchez donc cette lampe, Allis ! Rejoignez-moi. »

J'abandonnai le tube une seconde pour lui montrer qu'il fallait le maintenir afin qu'il éclaire. Son expression s'assombrit encore.

« Tout est de ma faute ! J'ai été trop confiante et trop pressée : je voulais venir vous délivrer cette nuit. J'ai réuni quelques G.O. des services de sécurité et nous sommes arrivés ici vers quatre heures du matin. À peine étions-nous entrés que les hommes de Céline nous ont maîtrisés. »

Elle me lança un regard pitoyable. Qu'avait-elle imaginé ? Qu'en arrivant dans la ZZZ, les G.O. dévoués à Céline auraient abandonné leurs armes ? Qu'il suffisait d'être dans son bon droit pour vaincre ? Ah, voilà ce qu'il en coûtait d'être gouvernés par des intellectuels !

« Céline m'a sûrement fait suivre. Allis, je suis désolée… Dites-moi, il fait très chaud, ici ? »

Du menton, je lui désignai la grille d'aération.

« Ils ont coupé la climatisation, bien sûr! Et cette autre porte, en face? »

Je haussai les épaules et secouai la tête. Emma alla constater qu'on ne pouvait pas glisser un ongle entre le métal et le mur.

« Ne perdons pas espoir, Allis : notre absence ne tardera pas à être remarquée! Voyons : il est cinq heures du matin. Nous sommes vendredi. Je suis sûre que nos collègues, en ne me voyant pas à la grande cession nocturne de ce soir… »

Ce soir, il ferait cinquante degrés dans notre cellule et il n'y resterait que quelques molécules d'air.

Je fatiguais. Je lâchai le tube et vins m'asseoir près d'Emma. Elle prit le relais en allant maintenir l'éclairage à son tour.

« Ainsi, vous avez vu Lund! Comment va-t-il? Est-ce que?… »

Je lui fis signe que je n'avais pas le courage d'aller reprendre mon carnet de conversation dans mon sac. J'étais lasse, découragée, au bord de l'asphyxie. Emma vint me rejoindre dans l'obscurité. Malgré la chaleur, elle se blottit contre moi; et à ses soubresauts, je devinai ses sanglots.

Quand j'émergeai de mon demi-sommeil, il était cinq heures de l'après-midi. Je n'avais plus l'espoir qu'on vienne nous délivrer. Qui aurait pu deviner que nous étions ici?

L'Europe des Lettres n'échapperait plus à la guerre civile : Emma éliminée, Céline convaincrait les Voyelles de voter les lois contre les Zappeurs. Ceux-ci y répondraient sûrement par la violence, comme prévu.

Je fus tirée de ma torpeur par la lueur renaissante du néon : Emma maintenait le tube à bout de bras.

« Allis, réveillez-vous! Il faut faire quelque chose : je crains que mes collègues ne puissent venir à notre aide... et que nous ne tenions plus très longtemps dans ce trou! »

C'était bien mon avis.

« Notre seul espoir, reprit-elle, c'est mon fils : Lund. »

Je fis non de la tête en désignant les murs.

« Il faut lui faire savoir que nous sommes prisonnières ici! »

J'eus un pauvre sourire.

« Allis! Nous avons communiqué grâce aux *Feux de la passion*! Il faudrait... »

Je lui désignai mes yeux, les fermai, et dessinai sur le sol, de l'index, les lettres L.I.V.

que je barrai d'une grande croix. Elle comprit :

« Il est aveugle, donc il n'est pas atteint par le virus ! Ah quel dommage... »

Elle se tut, soudain confuse. Si bien que j'ignorai ce qu'elle trouvait dommage. Elle me fixa intensément, et j'eus l'impression qu'elle hurlait :

« Vous l'aimez, Allis ! Et je suis sûre que lui aussi vous aime ! Sinon, il n'aurait pas dialogué avec vous sur le web durant tous ces mois ! Alors si vous vous aimez, vous avez envie de vous retrouver, n'est-ce pas ? Que ferait-il, Allis... *que feriez-vous pour pouvoir vous rejoindre ?* »

Ses cris silencieux me faisaient mal.

Que ferait-il ? Que ferions-nous ? Je soupirai et regardai l'heure. Il allait être huit heures du soir.

« Ce n'est pas encore *l'Heure du Livre* », dit Emma en baissant les bras.

Non. Mais c'était *l'Heure du Web*. L'heure à laquelle Mondaye et moi nous nous branchions depuis si longtemps, chaque soir.

Hélas, sans ordinateur, comment faire ?

Dans ma tête défila le processus de mise en relation habituel. J'imaginai l'écran : « SAL PART CODE ? F 4 5 1. »

Ce code que nous étions seuls à utiliser, je ne pouvais plus le composer. Si Lund tentait de se connecter, personne ne le rejoindrait.

Soudain, dans mon esprit enfiévré, le code prit un sens : « F 4 5 1 », c'était le titre abrégé d'un livre. Un roman de Ray Bradbury : *Fahrenheit 451*, « *la température à laquelle un livre s'enflamme et se consume* », avait même noté l'auteur en exergue de son ouvrage.

Fahrenheit 451 ! À présent, je comprenais pourquoi c'était l'un de mes livres fétiches. Je me précipitai vers Emma. Je la secouai pour qu'elle se relève et nous éclaire. Elle obéit sans comprendre. Intriguée, elle me regarda fouiller à l'intérieur de mon sac.

J'en sortis l'ouvrage. Sa jaquette colorée de bleu, blanc, rouge représentait un pompier du futur en train de feuilleter un livre. Un livre qu'il avait pour mission de brûler, puisque, dans cette société imaginaire, la lecture était désormais interdite.

Ma montre indiquait huit heures une. Mon cœur battait très fort. J'essayais de me souvenir des dernières paroles de Sonn : oui, de Sonn ! Que m'avait-il affirmé avant que je ne découvre que Lund et lui ne faisaient qu'un ?

« *Dès demain, je recouvrerai la vue... Des caméras feront l'affaire...* »

Avait-il subi cette opération? Était-il lui aussi atteint par le virus L.I.V. 3? Songerait-il, ce soir à lire le même livre que moi?

Je n'avais fait que deviner les paroles d'Emma; mais elles résonnaient en écho dans ma tête : « *Que ferait-il, Allis, que feriez-vous pour que vous puissiez vous rejoindre?* »

Je pensai très fort à Lund et songeai :

« Oui, c'est exactement cela que nous ferions... »

Emma, qui maintenait le tube, me lança un regard stupéfait lorsque je commençai ma lecture.

22

Fahrenheit 451

« *C'était un plaisir tout particulier de voir les choses rongées par les flammes, de les voir se calciner et* changer... »

Je fus asphyxiée de chaleur et je suffoquai sous les émanations de fumée. Devant la maison qui me faisait face se tenaient d'étranges pompiers armés de lance-flammes. Ils les braquaient vers quelques centaines d'ouvrages entassés. L'un de ces hommes m'intéressait plus particulièrement. Mais la lueur du brasier m'empêchait de distinguer ses traits.

« *Les livres, avec des battements d'aile, mouraient au seuil de la maison et sur la pelouse… les livres se soulevaient au milieu de gerbes d'étincelles et s'envolaient, calcinés, dans le vent.* »

Je fus arrachée de force à ma lecture : la lumière s'était éteinte. Lorsque Emma parvint à remettre le néon en place, j'aperçus, dans la pauvre clarté de notre prison, les lettres qui, sous mes doigts, s'effaçaient à vue d'œil. Oui : les phrases disparaissaient, dévorées elles aussi par ce virus aussi impitoyable que le feu.

Je me replongeai dans le récit deux pages plus loin :

« *Les feuilles de l'automne voletaient au ras du trottoir baigné de lune…* »

Je savais qu'il allait arriver. Postée à l'angle de deux rues, je guettais sa silhouette familière qui, bientôt, surgirait de l'escalier automatique. L'air était chargé de parfums et du chuchotement des feuilles transportées par le vent.

Soudain, il apparut dans son costume de cuir et de fer. Sous la lune, son casque jeta un bref reflet de métal.

Je reculai. Il passa devant moi sans me voir. J'ignore pourquoi je chuchotai :

« Monday? Lund!... »

Il ralentit le pas; je crus qu'il allait s'arrêter. Mais il poursuivit sa route solitaire. Alors je m'élançai dans une ruelle adjacente et je courus jusqu'à l'angle de l'avenue. Je connaissais ce raccourci. Ces lieux pourtant imaginaires m'étaient aussi familiers que le décor d'un théâtre dans lequel j'aurais toujours tenu le même rôle.

Essoufflée, je m'arrêtai au milieu du trottoir.

Bientôt, il sembla naître de la nuit. J'avançai doucement vers lui. C'est là seulement que je remarquai ma robe blanche et mes souliers trop fins. Devant moi, le pompier s'arrêta, comme si je lui barrais le passage.

Je m'arrêtai moi aussi.

Pendant une seconde, j'entendis autour de nous les feuilles des arbres qui s'agitaient et faisaient un bruit d'averse; je m'aperçus qu'il portait, sous son casque, des lunettes semblables à celles de certains motocyclistes.

Il murmura :

« Bonsoir. »

J'étais pétrifiée, incapable de lui répondre, comme si j'avais été muette ici aussi. Il parut enfin me reconnaître, ajouta :

« Mais c'est vrai. Vous êtes notre nouvelle voisine, n'est-ce pas ?

— Et vous devez être... »

Je n'osais pas y croire. Ni modifier le texte du roman.

« ... le pompier, achevai-je avec difficulté.

— Vous avez dit ça drôlement.

— Je... je vous aurais reconnu les yeux fermés. »

Pourquoi, *lui*, ne me reconnaissait-il pas ? Et si cet homme n'était que le héros du roman ? Il me fallait prendre l'initiative, vaincre ma timidité. Je me tournai vers les maisons dont on apercevait les toits, au loin, et demandai :

« Vous permettez que je revienne avec vous ? Je m'appelle Allis.

— Clarisse ? Moi, c'est Montag. »

Ce n'était donc pas Lund. C'était Montag, le pompier du livre de Bradbury. D'ailleurs, il restait fidèle au récit, puisqu'il ajouta en me regardant, étonné :

« Allons-y. Qu'est-ce que vous fabriquez dehors à une heure pareille ? Quel âge avez-vous ?

— J'ai dix-sept ans. »

Et soudain, je compris : si Montag était

Lund, il ne pouvait pas me reconnaître. Lund ne m'avait *jamais vue*. Et il n'avait *jamais entendu le son de ma voix*. Je m'arrêtai, sûre de moi à présent.

« Vous savez, je n'ai pas du tout peur de vous.

— Pourquoi auriez-vous peur? fit-il, surpris.

— Je sais que tu n'es pas Montag. Ni Monday : tu es le fils d'Emma. Je ne suis pas Clarisse mais *Allis*, Lund! En ce moment, je lis le roman de Ray Bradbury. Comme toi. »

Le pompier s'arrêta, comme pour s'extirper d'un rêve. Il ôta lentement son casque et ses lunettes.

C'était Lund. Il avait des yeux clairs qui ressemblaient à deux lunes identiques.

« Allis? C'est toi, Allis? »

À présent, il cherchait ses mots. Comme s'il lui avait fallu s'écarter d'un texte trop bien appris. Comme s'il lui avait fallu jouer un autre rôle : le sien. Il prit mon visage entre ses mains. Et il me reconnut.

Je l'embrassai. Et des larmes jaillirent dans ses yeux qui ne se détachaient plus des miens.

23

Montag et Vendredi

« Il faut me pardonner, Allis : vois-tu, il y a si longtemps que je n'ai pas *lu un livre*.

— Ainsi, Lund, tu t'es fait opérer ?

— Oui. Mais on n'a remplacé que mes yeux. Je ne suis pas un Homme-Écran, Allis. Et je ne le deviendrai pas. Mais toi, où es-tu ?

— Là où tu m'as quittée, Lund. »

En quelques mots, je lui expliquai la traîtrise de Céline L.F. Bardamu. Je lui dis que sa mère m'avait rejointe. Et que nous étions toutes deux prisonnières dans le local où m'avait emmenée Taboul.

« Mais il est très simple de sortir de là, Allis ! La porte qui fait face à la première donne sur un couloir. Les G.O. ne peuvent pas le savoir.

— On peut sortir par l'*autre porte* ? Mais comment ?

— Il faut être à l'extérieur de la pièce. Et composer le code d'accès.

— Eh bien viens ! Oh, viens nous délivrer ! Emma et moi, nous ne tiendrons plus très longtemps. »

Lund s'arrêta de marcher. Nous étions arrivés près des maisons baignées d'ombre. Il ne semblait pas pressé de quitter cet univers paisible, hors du temps. Il remit ses lunettes et son casque, qu'il réajusta soigneusement. Il semblait tout à coup très soucieux.

« Dis-moi, Allis, une cession nocturne n'a-t-elle pas lieu, en ce moment, à l'Académie ? »

Sa question me déconcerta.

« Si. En effet. Mais je ne vois pas...

— Attends. Que je vienne te délivrer moi-même ne permettra pas de confondre Céline, ni d'apaiser les tensions entre Zappeurs et Lettrés. Il faudrait une mesure plus radicale. Plus définitive.

— Laquelle ?

— Me livrer. Je vais me constituer prisonnier à l'Académie.

— Te *livrer* ?

— Oui. Dès maintenant. Pour montrer ma bonne foi aux Voyelles. »

Lund semblait oublier que nous étions enfermées.

« Rassure-toi, Allis. Je vais envoyer quelqu'un vous libérer.

— Qui ?

— Quelqu'un en qui j'ai toute confiance. Un correspondant avec lequel j'étais branché juste avant de me plonger dans cette lecture... »

Je devinai qu'il s'agissait de son ami Vendredi.

« Non, je t'en supplie ! C'est toi qui dois venir ! »

À cet instant, je compris que moi non plus, je n'avais pas envie de le quitter. Il me serra contre lui, ouvrit la porte d'une maison et me força à y entrer. Je me retrouvai seule dans l'obscurité.

« Lund ? Lund ! »

Je sortis. Mais le trottoir était désert. Les feuilles mortes tourbillonnaient dans la nuit. Un moment, je doutai d'avoir vécu la scène qui avait précédé.

Je fermai les yeux et le livre.

Une lueur tremblotante jaillit ; j'étais revenue dans ma cellule, avec Emma qui maintenait le tube au néon, dressée sur la pointe des pieds. Elle balbutia, épuisée :

« Allis, pardonnez-moi : je... j'ai dû laisser la lumière s'éteindre un instant ! »

J'abandonnai le roman qui se trouvait sur mes genoux et j'adressai un sourire à ma compagne d'infortune.

« Vous... Vous avez réussi ? Vous avez *vu mon fils ?* Grâce à ce livre ? »

Elle riait et pleurait à la fois, et vint me rejoindre dans la nuit.

Moins d'un quart d'heure plus tard, une clarté et un froid insupportables jaillirent dans notre prison : la seconde porte s'était ouverte. Éblouie, j'avais peine à distinguer notre sauveteur. Sa silhouette m'était pourtant familière. Ce n'est que lorsqu'il s'approcha de moi, m'aida à me relever et s'empara de mon sac que je le reconnus.

C'était Rob D.F. Binson.

24

Le secret de Vendredi

Rob avait pensé à tout : il était accompagné d'un homme d'un certain âge – un médecin. Ce dernier nous examina rapidement et nous enveloppa toutes les deux dans des couvertures. Je claquais des dents ; je tremblais de tous mes membres. J'avais des difficultés à tenir debout dans ce long couloir qui ressemblait à un tunnel de métro.

« Ce n'est pas loin : cent mètres. Faites un petit effort. »

Rob et son compagnon nous soutenaient toutes les deux. Lorsque nous parvînmes à l'extérieur, la nuit me parut glacée. Un véhicule de l'Académie stationnait entre deux vieilles pompes à essence hors d'usage : nous étions dans l'ancienne station service du centre commercial désaffecté.

Rob m'installa à l'avant, à côté de lui. Il me tendit une bouteille d'eau sur laquelle je me précipitai. Emma, aussi épuisée et choquée que moi, bombardait notre sauveteur de questions.

« Attendez. Je vais tout vous expliquer. »

La voiture officielle se souleva sur son coussin d'air et fonça bientôt dans la nuit. Rob se tourna vers la responsable des Voyelles ; son visage était grave.

« Je vous dois un aveu, Emma : voici des mois que j'ai établi de nombreux contacts sur le web. Au début, je me justifiais en songeant : "*Il faut bien connaître ses ennemis*". Mais je dois admettre qu'à force de nouer des relations, je me suis fait beaucoup d'amis. Les Zappeurs ne sont pas tous des fanatiques. L'un d'eux, en particulier, m'a frappé par sa culture et la justesse de ses réflexions. Il est vite devenu mon interlocuteur préféré. »

Emma écoutait, subjuguée. J'étais moins étonnée qu'elle.

« Sur le web, expliqua Rob, chacun se choisit un nom de code particulier. Le pseudonyme de ce correspondant privilégié est Monday. Le mien est Vendredi. »

Le véhicule arriva à Paris et s'engagea sur les quais. Il était un peu plus de vingt-deux heures. La cession nocturne de l'Académie venait de s'ouvrir.

« J'ai vite compris que Monday n'était pas un Zappeur ordinaire. Et lui a deviné que j'étais un Lettré. Mais sur le web, respecter l'anonymat est la règle. Monday et moi étions trop contents d'approfondir nos débats sur les livres et les écrans pour risquer de les interrompre en nous révélant nos identités. Pourtant, ce soir, c'est ce qui est arrivé… »

Bientôt apparurent dans la nuit les quatre tours illuminées de la TGB. Notre véhicule ralentit et pénétra dans un tunnel d'accès que je reconnus.

« Ce soir, reprit Rob, Monday m'a révélé son identité. Il m'a dit qu'il allait se livrer à l'Académie. Il m'a aussi confié les codes d'accès de la ZZZ pour que je puisse venir vous délivrer. J'ai fait aussi vite que j'ai pu… »

Emma approuvait ; peut-être pour se

convaincre elle-même qu'elle n'était pas dépassée par tous ces événements.

« Et Lund, demanda-t-elle, connaît-il maintenant votre identité, Rob ?

— Oui. Il a tout de même été surpris que derrière *Vendredi* se cache une Voyelle. Mais il est très content de me connaître bientôt.

— Comment cela ?

— Nous allons retrouver Lund à l'Académie, Emma. En principe, il y est déjà. »

Notre voiture se gara dans les sous-sols ; arrivée devant l'ascenseur, Emma désigna nos vêtements déchirés et humides.

« Voyons, Rob ! Nous ne pouvons pas nous présenter ainsi dans la grande salle du Conseil !

— Désolé. Nous n'avons pas de temps à perdre. Et votre piteux état achèvera de convaincre les Voyelles. »

Il se tourna vers le médecin.

« Je compte sur votre témoignage, docteur. Vous nous accompagnez ? »

Dans l'ascenseur, Rob s'empara de mon sac. Pendant le court trajet qui nous menait vers les étages supérieurs, il me fixa avec un air de chien battu avant de murmurer en baissant la tête :

« Quand nous nous sommes vus la première fois, Allis, j'avais imaginé un autre dénouement. Je vous avoue que… »

Je mis l'index sur ma bouche et lui serrai la main. Il me répondit par un sourire résigné.

« Oh, Lund m'a tout expliqué, vous savez… Je suis très heureux pour vous. Et je tiens à vous féliciter, Allis. Très sincèrement.

— Mais qu'est-ce que vous complotez, tous les deux ? » fit Emma, intriguée.

Je compris alors que Rob avait articulé ces mots sans les dire.

25

Un Zappeur à l'Académie

Dans la grande salle du Conseil, les Voyelles étaient en effervescence. Lund était debout à la tribune, revêtu de sa combinaison noire. Deux huissiers l'encadraient. Il portait des lunettes teintées et écoutait sans sourciller son accusatrice : Céline L.F. Bardamu.

Elle le désignait d'un index vengeur et je pus lire sur ses lèvres :

« Comment ajouter foi à ce tissu de mensonges? Croyez-vous que la parole du chef des Zappeurs pèse d'un poids quelconque sur... »

Céline s'interrompit. Elle venait de nous apercevoir : Emma, Rob, le médecin et moi. Elle resta médusée. Puis elle abaissa le bras et parut chercher ses mots. Je vis plusieurs Voyelles se lever pour saluer notre arrivée. Je devinai chez beaucoup la joie, le soulagement. Certains, même, applaudirent; d'autres lancèrent à Céline un regard sans indulgence.

Aussitôt, je sus que notre arrivée venait de faire basculer l'opinion.

Rob n'avait pas perdu de temps : pendant les instants de confusion qui avaient suivi notre entrée, il avait rebranché le dispositif de claviers, de micros et d'écrans mis en place trois jours auparavant.

Emma regardait Lund, et Lund me regardait. C'était la première fois qu'il me voyait réellement. Rob me pria de rejoindre ma place dans l'hémicycle. Non loin de moi, le vieux Colin m'adressa une phrase de bienvenue que l'écran géant retranscrivit :

COLIN : Allis, nous saluons avec joie votre retour parmi nous! Dites-nous d'où vous venez et si vous avez accompli votre mission.

Sans hésiter, je tapai sur mon clavier :

ALLIS : Je viens d'être délivrée à l'instant,

par Rob D.F. Binson, de la prison de la ZZZ où Céline nous avait enfermées, Emma et moi…

Les Voyelles s'agitèrent, se levèrent pour désigner Céline ; elle était mal à l'aise. Invité à s'exprimer, le médecin confirma ma déclaration.

COLIN : Allis, expliquez-nous ce qui vous est arrivé depuis que vous nous avez quittés ?

J'hésitai. C'était une longue histoire. Du regard, je consultai Rob, Emma et Lund. Tous trois m'encouragèrent.

Alors, je commençai à taper…

Je craignais que mon récit ne lasse l'Académie. Personne ne m'interrompit. Lorsque je l'eus achevé, le doyen reprit la parole.

COLIN : Les révélations d'Allis confirment en tout point ce que Sonn – pardon : Lund – vient de nous révéler. Qu'il soit venu de lui-même se constituer prisonnier…

CÉLINE : Allez-vous tomber dans ce piège ? C'est un complot, un coup monté… une tentative de prise du pouvoir par les Zappeurs !

COLIN : Ma foi, Céline, jusqu'ici nous ne nous sentons guère menacés…

L'assemblée semblait partager cet avis.

COLIN : Et vous êtes très présomptueuse d'imaginer que votre parole puisse avoir plus de poids que celle d'Emma, notre déléguée principale.

EMMA : Dois-je ajouter, pour vous convaincre, que je confirme en tout point ce que vient de vous révéler Allis? La trahison de Céline est ignoble. Qu'une Voyelle ait pu se rendre coupable de tels crimes...

Je réclamai la parole en levant la main droite. De l'autre, je fouillai dans la poche de mon survêtement. J'en sortis un mini-CD. C'était celui que m'avait confié Taboul juste avant de mourir. À présent, je savais ce qu'il contenait et pourquoi l'Homme-Écran me l'avait confié.

ALLIS : Voici un document qui devrait vous montrer ce qui s'est passé avant-hier dans la ZZZ...

COLIN : Je suppose qu'il faut un lecteur?

Rob en dénicha un très vite, et personne ne le lui reprocha. Chacun était impatient de connaître le contenu de l'enregistrement.

Sur l'écran, nos dialogues furent remplacés par l'image de la ZZZ. Je reconnus Lund, debout près des ordinateurs branchés en batterie. Au moment où il tendait ses mains vers moi, la porte d'entrée du parking souterrain explosa! L'image vacilla, Taboul

ayant été bousculé par la
souffle; puis elle montra clairement l'
tion des G.O. en armes, des chiens-robots... Et le saccage organisé de l'immense salle.

Sur les gradins, Céline, bouche bée, pâlit : elle venait de s'apercevoir en train d'ordonner elle-même aux G.O. de tirer sur Lund et Taboul. Chacun put me voir en gros plan au moment où je relevais la tête au-dessus du géant inerte.

Puis l'image se brouilla définitivement. Dans la salle du Conseil, toutes les Voyelles se tournèrent vers Céline qui, d'abord hésitante, se leva pour balbutier :

CÉLINE : Des images! Donc des trucages! Comment leur accorder foi?

Je devinai l'intensité du silence qui lui répondit. Céline hocha lentement la tête comme pour soupeser ses dernières chances de convaincre. Enfin, elle baissa les yeux et s'assit.

CÉLINE : Soit. J'avoue. J'ai agi dans l'intérêt du pays. Je voulais préserver la République des Lettres! J'ai échoué.

Comme mue par un ressort, elle se releva brusquement et jeta en désignant les membres de l'assemblée :

CÉLINE : Mais je vous prédis un avenir de chaos et d'anarchie! Demain, vous laisserez entrer les images dans les foyers. Ce sera la renaissance de la démagogie, le règne du superficiel, de l'apparence et du tape-à-l'œil. Chers collègues, vous ne m'exclurez pas de l'Académie : je vous donne ma démission. Je refuse de me faire la complice de cette décadence annoncée.

Elle fit mine de partir. D'un geste, Colin l'arrêta :

COLIN : La justice décidera de votre sort, Céline. Mais vous avez enfreint la seconde loi du *Testament* qui nous sert de Constitution. La quatrième loi me contraint à barrer votre nom du registre.

Il ouvrit le grand cahier que j'avais signé trois jours auparavant et, d'un geste solennel, raya une ligne.

COLIN : En outre, vous vous êtes rendue coupable de mensonge qualifié. Et vous connaissez la sanction.

Colin prit à témoin toute l'assemblée qui, approuva dans un silence recueilli.

COLIN : En conséquence, Céline L.F. Bardamu, vous êtes condamnée à ne plus jamais vous exprimer en public, par quelque procédé que ce soit. Je prononce le retrait de votre PPP. Cette sentence prend effet aujourd'hui.

C'était, pour une Lettrée, la sanction la plus terrible. Céline accusa le coup sans rien dire. Elle fixa une dernière fois les gradins de l'amphithéâtre et se dirigea vers le couloir. Lorsqu'elle passa près de moi, elle hésita, ralentit le pas. Je devinai sa détresse. Nous échangeâmes un regard de sympathie que personne ne traduisit.

Après son départ, Colin donna des instructions pour que les G.O. en faction dans la ZZZ soient appréhendés en attendant qu'une enquête établisse leurs responsabilités. Enfin, le doyen invita Emma à regagner son siège. Elle s'exécuta, et restée debout, elle déclara :

EMMA : Pour des raisons très différentes, je ne peux pas rester parmi vous plus longtemps. Je vous prie moi aussi d'accepter ma démission.

Une houle de protestations s'éleva.

COLIN : Expliquez-vous, Emma. Quel fait peut justifier une telle intention?

EMMA : Maintenant, vous savez que Lund est mon fils. Qu'il est devenu le maître des Zappeurs. Et qu'il se trouve à l'origine du virus L.I.V. 3…

COLIN : Attendez !

Le doyen avait bien des difficultés à obtenir la parole : chacun se disputait sa zone de dialogue sur l'écran. Déjà, ces Voyelles étaient devenues des Zappeurs débutants.

COLIN : Nous le savons, Emma. Mais personne ne songe à réclamer votre démission !

EMMA : Lund devra lui aussi passer en justice. Or, je ne témoignerai jamais contre mon fils. S'il a agi ainsi, j'en porte la responsabilité : moi, la première Voyelle de l'Académie. Ma place n'est plus ici, Colin. Même si Lund ne peut me pardonner, je m'emploierai à rétablir la vérité. Mon fils m'est plus précieux que ma fonction.

Emma n'avait pas convaincu l'Académie. Colin fixait avec angoisse le second fauteuil libéré. Il y en aurait bientôt un troisième.

Je me levai.

ALLIS : Je me vois dans l'obligation de démissionner, moi aussi.

Je créai cette fois la stupeur et l'incrédulité.

COLIN : Vous ? Allis ? Mais c'est impossible ! Votre présence est plus précieuse que jamais ! Et vous avez parfaitement rempli votre mission.

ALLIS : Peut-être. Mais je ne suis pas la Lettrée

que vous espériez. Comme Emma, je juge que Lund n'a pas tous les torts. Et je refuserai de témoigner contre lui. Je trouverai des arguments pour le défendre.

COLIN : Mais… pourquoi?

Je n'hésitai qu'une seconde.

Tant pis, ce serait un aveu public. Une déclaration officielle :

ALLIS : Je l'aime.

Dans le désarroi qui suivit, je vis Lund me sourire et respirer profondément. Rob gardait la tête baissée. Il la releva pour déclarer :

ROB : Chers amis, nous ne pouvons assumer toutes ces démissions!

Les Voyelles l'approuvèrent en chœur.

ROB : Si Emma a été élue, si je suis moi-même ici – et si nous avons, plus récemment encore, choisi Allis – ce n'est certes pas par hasard! Les œuvres de ces auteurs nous paraissaient capables de saisir nos difficultés; nous espérions les résoudre en réclamant leur venue à l'Académie. Leur retrait brutal ne résoudrait rien…

Dans les rangs, chacun commentait les propos de Rob D.F. Binson; on l'encouragea à poursuivre.

ROB : Leur présence est plus que jamais

nécessaire ! D'abord parce qu'il nous faut dialoguer avec les Zappeurs et apprivoiser leurs univers virtuels. Ensuite parce que nous ne trouverons un antidote qu'en unissant nos efforts. Enfin, parce que les Lettrés doivent intégrer les sciences à leurs réflexions. Sinon, pourquoi nous avez-vous élus, Emma, Allis et moi ?

COLIN : Qu'en pensez-vous, Allis ?

ALLIS : Rob a raison. Et si nous demandions à Lund son avis ?

Il y eut une nouvelle agitation dans les rangs. De mémoire de Voyelle, jamais un Zappeur n'était venu ici. Qui eût imaginé qu'un jour, l'un d'eux s'exprimerait à l'Académie ? Pour calmer les esprits, Colin précisa :

COLIN : Il n'y a là rien d'illégal, chers collègues : Lund possède son PPP.

Lund s'avança vers le siège et le micro les plus proches. C'étaient ceux de Céline L.F. Bardamu.

LUND : Ce virus est un accident. Nous ne sommes pas vos ennemis. Nous envions vos savoirs ; cessez d'ignorer les nôtres. D'ailleurs, je ne suis pas venu les mains vides. En gage de bonne foi, je fais un don à l'Académie.

D'un signe, il invita deux huissiers à déposer sur son pupitre une cage de verre. Elle renfermait le *Codex Hammer* de Léonard de Vinci. Plusieurs Voyelles quittèrent leur place et se bousculèrent pour le voir.

LUND : En attendant que nous trouvions un antidote, je crois avoir découvert un moyen de satisfaire les inconditionnels de la lecture...

Sur l'écran, vingt, trente questions apparurent et s'effacèrent l'une l'autre en se superposant.

COLIN : Expliquez-vous, Lund ! On pourrait lire *malgré* le virus ?

LUND : On pourrait lire *grâce à lui*. Demain, ici même, je vous convaincrai au moyen d'une démonstration.

L'agitation était à son comble. La séance s'achevait dans un désordre joyeux, presque euphorique. Irrité, le doyen consulta sa montre et déclara :

COLIN : Je me vois dans l'obligation de clore notre cession nocturne ! La séance reprendra demain. Que chacun regagne son appartement !

Bientôt, il ne resta dans la salle du Conseil que Lund, Emma et moi.

Lund me rejoignit et me serra contre lui.

Emma, restée en retrait, nous considérait, très émue. Elle recula comme pour nous laisser seuls. Sans quitter l'étreinte de Lund, je tendis la main vers elle, et Lund m'imita.

Alors Emma vint se précipiter dans nos bras.

26

Dans les livres, il y a encore des livres…

Le lendemain de cette séance mémorable, Lund me rapporta un roman : c'était *Vingt Mille lieues sous les mers*, de Jules Verne. Il en possédait un exemplaire identique, qu'il ouvrit à la page 109.

« Lis », me dit-il.

J'obéis. Trois secondes plus tard, je me retrouvai face à un individu immense, au regard aussi farouche et sombre que sa barbe. Il m'invita à le suivre, et j'entrai… dans une bibliothèque. De hauts meubles en palissandre noir, incrustés de cuivre, supportaient sur leurs larges rayons un grand nombre de livres uniformément reliés... De légers pupitres mobiles permettaient d'y poser l'ouvrage qu'on désirait lire. Au centre se dressait une vaste table, couverte de brochures, entre lesquelles apparaissaient quelques journaux déjà vieux. La lumière électrique illuminait cet harmonieux ensemble et tombait de quatre globes dépolis, accrochés au plafond.

Je n'étais pas seule avec mon mystérieux hôte. Un autre homme, à mes côtés, avança la main vers les ouvrages reliés et déclara :

« Capitaine Nemo, voilà une bibliothèque qui ferait honneur à plus d'un palais des continents, et je suis vraiment émerveillé, quand je songe qu'elle peut vous suivre au plus profond des mers. »

Je compris que je me trouvais dans le *Nautilus* ! Le capitaine Nemo prit place sur un divan pour répondre :

« Où trouverait-on plus de solitude, plus de silence, monsieur le Professeur ? Votre cabinet du Muséum vous offre-t-il un repos aussi complet ?

— Non, monsieur, et je dois ajouter qu'il est bien pauvre auprès du vôtre. »

Le professeur Aronnax se tourna vers moi et m'adressa un joyeux clin d'œil. C'était Lund. Se tournant vers Nemo, il reprit :

« Vous possédez là six ou sept mille volumes…

— Douze mille, monsieur Aronnax. »

Aronnax – ou plutôt Lund – me fit signe d'approcher tandis que Nemo, derrière nous, précisait :

« Ces livres sont d'ailleurs à votre disposition, et vous pourrez en user librement.

— Regarde, me confia Lund à voix basse : tout ce que l'humanité a produit de plus beau dans l'histoire est ici : la poésie, le roman et la science, depuis Homère jusqu'à Victor Hugo, depuis Xénophon jusqu'à Michelet, depuis Rabelais jusqu'à George Sand… Choisis, Allis, et *lis*.

Je pris *La Mare au diable*. J'ouvris l'ouvrage au hasard et je lus :

« *Enfin, vers minuit, le brouillard se dissipa, et Germain put voir les étoiles briller à travers les arbres. La lune se dégagea aussi des vapeurs qui la couvraient et commença à semer des diamants sur la mousse humide. Le tronc des chênes restait dans une majestueuse obscurité ; mais, un peu plus loin, les tiges blanches des bouleaux semblaient une rangée de fantômes dans leurs suaires. Le feu se reflétait dans la mare ; et les grenouilles, commençant à s'y habituer, hasardaient quelques notes grêles et timides...* »

Je relevai la tête ; Lund, toujours dans le *Nautilus*, face à moi, souriait.

« Eh bien Allis ?

— C'est vrai : *je lis* ! Les lettres ne s'effacent pas. Germain n'a pas pris corps. Je n'étais ni dans le brouillard ni dans la nuit. Je n'entendais ni le crépitement du feu ni les coassements des grenouilles... Le virus n'a donc pas d'effet, ici ?

— Ici, ce n'est pas la réalité, Allis ! Imagine d'ailleurs ce qui se produirait si tu étais aussi sensible au virus *à l'intérieur* d'un livre. »

Ce serait un gouffre sans fin. Une descente aux abîmes.

Je rangeai l'ouvrage dans la bibliothèque du *Nautilus*. Lund-Aronnax me désigna le capitaine qui, dans son divan, avait allumé un cigare. Un étrange parfum arriva jusqu'à mes narines.

« Ce n'est pas du tabac, me dit Lund à voix basse.

— Je sais : c'est une sorte d'algue riche en nicotine. Que crois-tu, Lund? Moi aussi, j'ai lu ce bouquin. »

J'ai refermé le livre en même temps que lui, et nous nous sommes retrouvés tous les deux dans mon appartement de la TGB.

Ainsi, dans cette seule page de Jules Verne, on pouvait accéder à des milliers de classiques de la littérature! Du moins à ceux qui avaient été écrits avant 1866. Enthousiaste, j'écrivis sur mon carnet :

« *Mais... pour les ouvrages plus récents?*

— Il suffit de lire des textes contemporains! Par exemple, quand on entre en L.I.V. dans *Le Fils disparu*, on côtoie tous les livres de la bibliothèque de ma mère; on a alors accès à des milliers d'ouvrages récents. Et pour retrouver l'intégralité de ce que contient la TGB, il suffit de se plonger dans un ouvrage où le héros pénètre dans les archives... Les écrivains n'arrêtent pas de se citer entre eux, ils ne parlent bien que de ce qu'ils aiment. *Les livres sont pleins de livres*, Allis. »

Quelques heures plus tard, dans la grande

salle du Conseil, Lund fit distribuer à chaque Voyelle un exemplaire de *Fahrenheit 451*. C'était grâce à ce roman qu'il avait pressenti qu'existait un moyen détourné de lire.

« Dès la première page, pendant l'autodafé qui introduit l'action, vous pourrez intervenir et tenter de sauver le livre de votre choix. Mais je vous propose plutôt de tous vous reporter à la page 70, au moment où Montag sort d'une cachette les ouvrages qu'il y a dissimulés. Le héros entreprend la lecture d'un texte de Jonathan Swift. Cette lecture, nous allons la faire en sa compagnie... »

C'est ainsi que Lund fut admis à l'Académie : il avait compris que *dans les livres, il y a encore des livres*.

Le même soir, Lund vint me rejoindre chez moi.

« Je vais te demander l'hospitalité pour la nuit, Allis. Je ne veux pas déranger ma mère. Elle écrit. »

Elle *écrivait?* Mais comment? Moi-même, n'avais-je pas vu les mots s'effacer au moment même où je les formulais?

« Attends, me dit Lund. Tu vas comprendre. Tu possèdes *Le Fils disparu*? »

Quelle question ! Je le sortis de ma bibliothèque.

« Regarde. Plonge-toi dans les dernières pages. »

Les lieux m'étaient familiers : c'était le petit pavillon de banlieue où Emma, dans son propre récit, vivait désormais seule après le départ de son fils. C'était du moins ainsi que s'achevait son roman : sur cette maison vide, pleine de souvenirs et de regrets. Intriguée, je m'approchai de la fenêtre ouverte, qui donnait sur le bureau de l'écrivaine. Emma était là, assise à sa table, comme dans les dernières pages du livre. Elle avait vieilli, elle était semblable à l'Emma que je connaissais aujourd'hui.

Et *elle écrivait*.

Bien sûr, j'aurais dû comprendre que si l'on pouvait lire dans un univers L.I.V., *il était aussi possible d'y écrire*... Cette perspective m'ouvrait des horizons que je croyais à jamais fermés !

Je sentis la main de Lund serrer la mienne. J'ignorais s'il était resté debout à mes côtés, dans mon appartement de la TGB, ou s'il m'avait rejointe à l'intérieur du livre de sa mère. Dans la pièce, je vis soudain Emma soupirer, poser son stylo et refermer son gros manuscrit. Je pus alors déchiffrer, sur la couverture du cahier, le titre de ce qui serait sans doute son prochain livre : *Lund est revenu*.

Épilogue

Beaucoup de temps s'est écoulé depuis ces événements.

Je vis désormais avec Lund, au dernier étage de la TGB.

Je me suis fait poser un implant cochléaire.

J'entends Lund. Il me voit. Mais nous n'avons pas besoin de ces prothèses pour nous aimer, elles nous aident simplement à vivre.

Nous n'avons toujours pas trouvé l'antidote. Un jour, les Zappeurs le mettront sans doute au point.

Entre les Lettrés et eux, les tensions s'apaisent. Certaines mesures récentes y ont contribué – par exemple le fait qu'existe aujourd'hui à l'Académie un service permanent relié au web. Ce service, Rob et Lund s'en occupent ; grâce à lui, les Zappeurs et les Lettrés commencent à communiquer. Mais lorsqu'il doit se brancher, Lund ne manifeste plus le même enthousiasme.

Emma et moi avons cédé à l'insistance des Voyelles : nous n'avons pas démissionné. Mieux : à peine un mois après l'exclusion de Céline, c'est Lund qui à été invité à occuper son siège.

Le fait peut paraître incroyable. Mais beaucoup de frontières, qui semblaient définitives, sont tombées.

Hier, Jules Verne affirmait : « *Ce que des hommes sont capables d'imaginer, d'autres hommes sauront le réaliser.* » Maintenant, les hommes savent qu'ils pourront vivre demain ce qu'aucun d'eux n'avait osé envisager.

Aussi, au moment où tu vas refermer cet ouvrage, lecteur, il faut que tu admettes cette éventualité : *peut-être es-tu le héros d'une autre histoire, la tienne, qu'un lecteur lit dans un monde plus réel que le tien.*

Et moi, Allis, je tiens à te remercier : grâce à toi, désormais, j'existe. Peut-être pour très longtemps. Car ce sont les lecteurs qui rendent les personnages éternels.

Glossaire

Académie : terme désignant habituellement l'AEIOU.

AEIOU : Académie Européenne des Intellectuels Officiels Unis. Leurs membres, familièrement surnommés les Voyelles, constituent le nouveau gouvernement européen ou République des Lettres.

BCBG : ordinateur de dernière génération, en usage chez les Zappeurs qui l'ont surnommé « Big Computer Bill Gates » en hommage au célèbre génie américain de l'informatique.

CCC : lieu où ont gratuitement accès S.D.F., marginaux ou inactifs, et dans lequel ils trouveront de la nourriture, un lit et des livres (le Couvert, le Coucher, la Culture).

CYBERSPACE : espace de communication et de travail qui passe par l'utilisation des technologies nouvelles ; son avènement a été prophétisé par Marschall Mac Luhan.

G.O. : Gardiens de l'Ordre.

HOMMES-ÉCRANS : individus qui ont un écran incrusté sur la poitrine, et qui communiquent à l'aide d'une caméra, d'un ordinateur et de logiciels.

JOEL : Journal Officiel de l'Europe des Lettres.

LETTRÉS : majorité de la population européenne pour qui la lecture et les livres constituent l'activité et l'intérêt essentiels de l'existence.

L.I.V. 3 : nom du virus de Lecture Interactive Virtuelle, donnant la possibilité au lecteur de pénétrer dans l'univers de son ouvrage, d'y circuler, et éventuellement d'y intervenir.

MULTIMÉDIA : terme désignant l'ensemble des techniques modernes de communication (ordinateurs, téléviseurs, web...) et de leurs utilisateurs.

PPP : Permis de Prise de Parole, autorisant son détenteur à s'exprimer devant plus de deux personnes.

TGB : Très Grande Bibliothèque. Siège parisien de l'AEIOU et du gouvernement européen.

VOYELLES : terme familier désignant les quarante membres permanents de l'AEIOU.

WEB : réseau mondial d'échanges (dérivé d'Internet) sur lequel peuvent se brancher tous les particuliers souhaitant livrer ou/et puiser des informations.

ZAPPEURS : minorité refusant le livre et la lecture, et privilégiant les ordinateurs, la télévision, les jeux vidéo et les mondes virtuels. Les Hommes-Écrans sont des ZZ ayant franchi le stade ultime puisqu'ils sont devenus des cyborgs.

ZZ : Zappeurs Zinzins. Informaticiens, joueurs et téléphages fanatiques.

ZZZ : Zone des Zappeurs Zinzins.

TABLE

Imprimé en France par HÉRISSEY - 27000 Évreux
Dépôt légal imprimeur : 85579 - Éditeur : 8867
32-10-1454.1.05 - ISBN : 2-01-321454.5

Loi n° 49-956 du 16 juillet 1949
sur les publications destinées à la jeunesse
Dépôt : novembre 1999